JN041688

司馬遼太郎 啐啄の記

そのやさしさと美意識

辻本康夫

幻冬舎MC

司馬遼太郎　啐啄の記

～そのやさしさと美意識～

はじめに

「啐啄」という漢語は「そったく」と読みます。啐の意味は鳥の雛が卵の中から殻を破って出てこようとして鳴く声であり、啄は母鳥が外から卵の殻をつつき割る音のことをいいます。また禅家には、啐啄同時という言葉があります。師と弟子の呼吸がぴたりと合うことをいい、師弟の理想と考えます。日常ではあまり使わない言葉ですが、司馬遼太郎、いや福田定一という一人の生徒と芦名信行という先生との出会いを知れば知るほど、私はこの啐啄という禅語を思い浮かべてしまいます。

司馬さんのこの啐啄の体験は司馬さんの小説家への道を開いただけでなく、その後の司馬さんの多くの作品の中心的な課題となり、背骨ともなりました。

司馬さんの作家人生を作ったのは啐啄でしたが、裏側でこれを支えたのは、司馬さんのやさしさと美意識でした。司馬さんは恩師から受け継いだやさしさと自分の美意識にこだわった作品を書き続けた結果、国民から愛され、読者から高い評価を受けるようになったのです。しかしその反面、自分の首に重い軛（くびき）をかけることにもなりました。みどり夫人はその軛のことを「氷のような孤独」と表現しています。文藝春秋の司馬番（編集者）を長らく務めた和田宏さんは、司馬さんが自分の美意識を守るために自分に強いた過酷な訓練のことを数多く記録しています。これらはすべて司馬さんが自らに課した軛でした。

司馬さんはみどり夫人にもこの自分を苛む軛のことを、多くは話さなかったと思われます。司馬さんにとって、自身の苦悩について話すということ自体が美意識に反することだからです。

ですから、司馬さんが中学時代や大学時代について話したり、書いたりしたことも、司馬さんの美意識のフィルターを通過したモノだけが印刷されていることが多いのです。それらは決して嘘でもなく、間違いでもないのですが、真実の一部分であって全部ではないということです。美意識のフィルターを通過した事実の一つのかけらでしかありません。

そのため、司馬さんの中学時代のあることについて調べようとすると、それに関するかけらをできるだけ集めて、それらを床に広げて、それを二階から俯瞰する必要があります。バラバラになったかけらを上から俯瞰することで、同じ色、同じ模様のかけらを探し、それらを復元するのです。

ですから、司馬さんが書いたものや証言などは取捨選択する必要があるのですが、かえってそれが、資料を自分に都合よく切り貼りしただけのように読者に解釈されてしまう可能性もあります。

そんな私に勇気を与えてくれたのが、塩野七生さんでした。塩野さんは『ローマ人の物語』で司馬遼太郎賞を受賞した方ですが、第三回菜の花忌の講演会でマキアヴェッリの「真実であってもおかしくない嘘」の話をされました。[1] 歴史を書く時に大事なことは「史実というもののあやふやさを常に頭に置きながら、史実を書き残した人間までもふくめた人間全体に対して、書き手がどう考えるかをぶつけるのが、歴史の叙述でもあるのです」と話されています。

私は塩野さんのこの言葉に何度も勇気をもらいながら、前進することができましたが、この未熟な作品が「真実であってもおかしくない嘘」になれるかどうかはいまだわかりません。ただ、そうなれるように頑張りたいと思っているだけです。

令和五年は司馬遼太郎生誕百年にあたりました。司馬さんをよく知る人たちの多くもすでに亡くなりました。貴重な証言を多く引用させてもらった和田宏さんや半藤一利さんもすでに鬼籍に入られました。加えて、司馬さんはその美意識から個人的なことを書くのを嫌ったために、矛盾する証言が多くあり、このままでは司馬さんの作家としての本当のすごさや志や覚悟、そして苦悩など、誰も気づかないまま永遠に消えてしまう可能性があります。

そのため本書は、司馬さんが他人に踏み込まれることを嫌った個人的なことにも、申し訳ないことと思いつつ、踏み込まざるを得ませんでした。

これまで、多くの方が司馬さんについて話したり書かれたりしています。曰く、気遣いの人だった、やさしい人だった、人蕩しだったなどです。多くは自分自身の体験からそのように話されているので、事実であることは間違いがないのですが、私はしばらくすると、なぜかこれらに不満を覚えるようになったのです。

なぜなら、司馬さんはなぜ気遣いの人だったのか、なぜやさしかったのか、なぜ人蕩しと呼ばれるようになったのか、という疑問に誰も答えてくれなかったからです。まだまだ、司馬さんへの疑問はあります。なぜ中学時代に全蔵書読破をしようと考えたのか、なぜ『二十一世紀に生きる君たちへ』を世界の子どもたちに読んでもらおうと考えたのかという疑問です。

これらの疑問の答えにこそ、司馬さんの謎を解く鍵があるのではないかと思い至りました。私はこのような数々の疑問を意識するようになって改めて、司馬さんの人生に一歩踏み込んで考えるようになり、司馬さんがなし遂げてきたことの本当の意味や理由を考えるようになったのです。

司馬さんが個人的な部分に他人を踏み込ませなかったのは、司馬さんに何か世間に知られてはマズイことがあったわけではないということは、すでに和田さんも書かれています。すべては、他人が無自覚なまま、土足で大切な個人的な部分までを汚すのを守ろうとしただけなのです。たとえば、御母堂や御家族の話がほとんどないのもそのためでした。

なお、司馬さんをどのように表記するかと悩んだのですが、私は司馬さんから数回お葉書をいただいただけで、お会いしたことも、お声を直接聞いたこともありませんが、あつかましいことながら、一番書きなれている「司馬さん」と表記させていただくことにしました。

目次

第二章

司馬遼太郎の花のはじめ

第三章　司馬遼太郎の残した種

十　司馬さんのキイワード――212

第一章

司馬遼太郎の育った庭

一　上宮中学校

上宮中学校

司馬さんの中学校時代にふれる前に、司馬さんが入学した上宮中学校について説明したいと思います。上宮中学校は、浄土宗が明治の新時代にふさわしい僧侶の育成を目的として全国に設立した僧侶養成機関の一つで、明治二十三年に浄土宗学京都支校から分離した大阪大教会支校（大阪支校）がそのルーツになります。[2]

その後、大阪支校は何度かの浄土宗学制変更を経て、明治四十五年、僧侶養成機関から財団法人上宮中学校に生まれ変わり、普通教育を行う私立中学校として、広く門戸を開放することになりました。以後、上宮中学校は大阪の私立中学校で二番目に古い名門の中学校として、太平洋戦争敗戦直後までの三十五年間、その歴史を刻むことになります。

司馬さんが入学したのは昭和十一年四月でした。この年の二月に二・二六事件があり、翌年の昭和十二年の七月七日に日中戦争が始まり、卒業して九か月の昭和十六年十二月太平洋戦争が始まりました。まさしく、司馬さんの中学時代は戦争の時代だったのです。

この上宮中学校において、司馬さんの人生を決定する二人の先生に司馬さんは出会うことになります。この二人の先生との出会いと御蔵跡図書館がなければ、司馬さんの人生はまったく違ったものになっていたことは間違いがないと思います。

司馬さんは、卒業までの五年間、自宅から中学校までの二キロを徒歩で通学しました。中学校の校則で二キロ以内の者は市電での通学は禁止されていたからです。学校の帰りにはほぼ毎日、市立御蔵跡図書館に寄って本を読んでいました。

下校時に、中学校の正門を出て西側を見ると、大阪外国語学校が上本町筋越しに見えます。司馬さんがモンゴル語を学んだ大阪外国語学校です。上本町筋を渡ってまっすぐに西に歩くと谷町筋に出ます。谷町筋をさらに渡って、生國魂神社の南側にある源聖寺坂を下ってしばらく歩くと小さな公園があります。そこに市立御蔵跡図書館がありました。

司馬さんはこの御蔵跡図書館に中学、大学時代を通じて通い続けました。特に中学校時代はほぼ毎日、下校時に寄って夜の九時頃まで本を読んでいたといいます。帰宅するのは九時半を過ぎていたことでしょう。御蔵跡図書館は司馬さんの小説家の背骨を作ったといってもよい図書館でした。全蔵書読破も速読術も独学独思も、すべてこの図書館で生まれたのです。

英語の先生

昭和十一年四月、司馬さんは希望に胸をふくらませて中学校の校門をくぐったことでしょう。入学式で学級担任として紹介されたのは英語の先生で、次の年も担任を務められました。この先生が前述の二人の先生の内の一人です。まさかこの時、司馬さんはこの先生が二年もの間、司馬さんに強烈なストレスを与え、一生の傷を心に残すことになるとは夢にも思わなかったと思います。

司馬さんにとってこの英語の先生は、『風塵抄』に「私は人に憎悪をもつようなしつこい性格ではないつもりだが、このときのその教師の顔つきをいまでもおぼえている」と書いているほど敵対した先生でした。[3] しかし、司馬さんはこの二年間について、一言も辛かったとは書いていません。ですが、中学一年二年の生徒にとって辛くないはずがなく、何ほどかの影響があったことは間違いないでしょう。

司馬さんはこの先生の名前などはまったく書いていませんが、調べたところ、それらしい名前を見つけました。それが正しいかを確かめるために、私がみどり夫人に手紙を差し上げたところ、確かにその方であると返事をいただきました。しかし、ご遺族に迷惑がかかるかもしれないので、本名は公表しないでいただきたいとも書かれていました。そういったわけで、私は件の英語の先生を以降は英語の先生、その先生などと表したいと思います。

そもそも先生との対立の発端は、『風塵抄』によれば、一学期の英語のリーダー（読本）の授業中に、司馬さんがニューヨークの語源を質問したことでした。

想像ですが、先生は学級担任として、授業に集中しない司馬さんを前から腹に据えかねていて、今度何かあればと狙っていたのかもしれません。授業妨害だと思ったのか、司馬さんが質問した途端に「地名に意味があるか！[3]」と怒鳴ったといいますから、チャンス到来といったところだったのかもしれません。

司馬さんは自分が学校に馴染めなかったことについて、「とにかく、一時間小さないすに座ってなきゃいけないというのは、もう無理です[5]」と書いているくらいですから、授業に集中できない生徒だったと思われます。また別の講演では、「大人になってからやっとわかったのですが、人間にはいろいろあり、人の話が聞けない奴がいて、どうやら自分もそうらしい[29]」と話していますので、先生に誤解される要素はあったようです。

こうして先生の激怒にあった司馬さんでしたが、もともと授業妨害をするつもりなど毛頭ないのですから、謝らなかったようです。その後も司馬さんは先生に目のかたきにされたそうで最後は先生を黙殺するようになったといいます。この対立は三年になって先生が担任から外れるまで続きました。

当時の上宮中学校の教員は公立中学校を定年退職した再就職組の中高年の先生が多

かったようですから、若いその先生はめずらしい存在でした。当時の上宮中学の教員の採用状況を考えると、三十過ぎの先生だったとしても、若くとも新卒ではなく、転職組だったのではないでしょうか。

だとすれば、教師経験が短かった可能性が浮かんできます。もしかすると、その教師経験の少なさが司馬さんへの対応のまずさにつながったのかもしれません。

私の教師経験からしても、教壇から教室内を見ると授業に集中できていない生徒はよくわかるものです。生徒の雰囲気や首の傾き、視線などでわかるのです。一度、注意して授業に集中してくれればよいですが、司馬さんはそうではなかったのでしょう。それどころか反論までしたので、先生の怒りに拍車をかけた可能性があります。

しかし、先生のこの対処の仕方は完全に間違っていました。たとえ、突発事故のように喧嘩状態になったとしても、その後の司馬さんへのフォローが絶対に必要だからです。なぜなら、結果的に先生の指導は逆効果になったわけですし、司馬さんの心に消えない大きな傷を残したからです。

こんな状況に司馬さんが陥ってしまったのは、ひとえにその先生に責任がありました。私の経験からいえば、ベテランになればなるほど、生徒がいくら挑発しても教師は逆に冷静になることが多いようです。戦前であっても、そのことは変わらなかったでしょう。

生徒にとって、学級担任は授業に来るだけの教科担任とはまったく違う特別な存在です。教科担任は週に三、四度の授業で顔を合わせるだけですが、学級担任は教科担任として授業をするだけでなく、朝礼、終礼で毎日学級の生徒と顔を合わさなければいけません。

現在とは違い、戦前の学級担任はその学級内における圧倒的な権力者でした。そんな担任と二年間も戦い、冷戦を続けながら、全蔵書読破と速読術の習得を継続した司馬さんには、驚くほかはありませんが、その反面、司馬さんのストレスは言葉に表せないほどだったことでしょう。

司馬さんは自分の美意識から両親には先生との軋轢は一切話さなかったと思われます。当然、親に泣きついたりもしなかったでしょう。そのため、ますますストレスを溜め込むことになった可能性があります。

先生には学級教師としての経験不足を感じます。もしベテランの先生だったら、二人の関係はそこまで悪化することもなく、司馬さんをうまく授業に誘導できたかもしれません。先生の過剰な叱責によって、司馬さんの学校嫌いはますます激しくなったと想像できます。

司馬さんが御蔵跡図書館の蔵書のすべてを読んだことはつとに有名ですが、実は司馬さんがこの全蔵書読破について書いたものはあまりありません。最も有名なものが、『司馬遼太郎全集32』の年譜に付属した「足跡 自伝的断章集成」[6]の昭和十三年の項の「たいてい、夜の八時か九時ごろまでたてこもって、片っぱしから本を読んだものです。この図書館通いは大阪外語を出るまで続いたのですが、しまいには読む本がなくなってしまい、魚釣りの本まで読んでしまいました」というものです。

私は司馬さんが魚釣りの本まで読んでしまった背景には、先生との対立があったと想像します。

私は司馬さんの御蔵跡図書館通いを、中学一年から二年の終わりまでを前期、三年から大学二年の仮卒業までを後期の二期に分けて考えています。前期は先生のストレスから逃れるためのものであり、後期は全蔵書読破のための図書館通いです。

この全蔵書読破というのは、司馬さんがある目的を持って、御蔵跡図書館の蔵書を読破しようとしたことを指すものです。全蔵書読破の目標は中学一年の頃に作られたと想像されますが、正確なことはわかりません。

ただ、わかっていることは、当時の司馬さんは「学校が終わったら図書館に行くことのみが楽しみでした。ベルが鳴るとワーッと走っていく感じ」だったということだけです。

しかし、ようやく、中学三年になって先生が担任から外れたことで、三年からの図書館通いは別の状況になりました。ストレスから逃げるための全蔵書読破ではなく、本来の目的の全蔵書読破に変わったと想像されるのです。もっとも、四年からは旧制高校の受験勉強を始めなければいけませんから、全蔵書読破に集中できたのは、そう長くはありませんでした。

司馬さんは『風塵抄』の「〝独学〟のすすめ」[3]で、「『ニューヨークという地名のおこりはね』と、その先生が物わかりよく教えてくれたとしたら、この〝独学癖〟はつかなかったかもしれない。その点、反面の大恩はある」と書いています。この言葉は大人になった司馬さんだから言えた言葉であって、逆にいえば、司馬さんは独学癖がつくくらいに追いつめられていたということでもあります。また、この「反面の大恩」は独学癖だけでなく、全蔵書読破や速読術の習得にもつながっていたと考えるべきでしょう。この先生が司馬さんの作家への道の最初の重要な部分を作ったといえる所以です。

英語の先生のその後

上宮学園にその先生の記録は現在、ほとんど残っていません。上宮中学は戦災には遭わなかったものの、戦後すぐにＧＨＱに校舎を接収され、何年間もＧＨＱの陸軍病院として利用されていたからです。その時に学園の古い書類や記録は捨てられてしまいました。

記録に残っている先生の戦前の記録は、数冊の卒業アルバムと同じく数冊の教務日誌に記載された出張記録くらいで、個人的なことは一切不明です。私は先生の個人的な資料はもう存在しないものだと諦めていましたが、ある偶然から先生が卒業した大学がわかり、奇跡的にも卒業アルバムを入手することができました。

アルバムには確かに先生の名前がありましたし、写真もありました。先生はアルバムの制作委員もしていたようでした。

私は少しショックでした。いつのまにか、司馬さんが書いた先生のイメージが私にもしみ込んでいたようで、学生時代の先生が大学生活を謳歌する姿を想像したこともなかったからです。私の先生のイメージは、アルバムを見たことで大きく変わりました。しかし卒業アルバムは見つかったものの、大阪出身だったことがわかったくらいで、上宮中学にいつ就職したのか、新卒で就職したのか、それとも他の仕事から転職してきたのか、その時は何歳だったのか、わからないことだらけなのは変わりませんでした。

司馬さんが卒業した昭和十六年三月発行の卒業アルバム[7]には先生が写った写真があります。また、卒業から九か月後の日米開戦を記念して教職員全員で撮影した「対米英宣戦布告大詔渙発記念写真」でもその顔と名前を確認できます。

しかし、昭和十八年の「菊の佳節に」という上宮・高安中学校の教員合同集合写真[2]にはその姿は見つかりませんでした。たまたま欠勤しただけなのか、それとも、すでに上宮中学校を退職していたのかもわかりません。

いえることは、昭和十六年の十二月以降、先生の姿は学園の写真資料からは完全に消えてしまったということだけです。戦後の上宮学園の記録にも先生の名前はありませんから、戦後、学園に復帰した可能性はないようです。

先生の姿が学園から消えた理由で考えられるのは、昭和十六年以後、軍隊に召集され、その後どこかの戦地で戦死された可能性です。当時、一般成年男子の召集年齢は四十歳までと決められていました。先生の年齢は写真などから推測すると、三十代半ばくらいだったように見えますので、太平洋戦争開戦早々に召集され、戦死していてもおかしくありません。

先生は卒業アルバムの数枚の写真と司馬さんに忘れられない強烈な記憶だけを残して忽然と消えてしまいました。まるで、司馬さんに試練を課して御蔵跡図書館にいざない、そして全蔵書読破や速読術、独学独思などに導き、小説家になる最初の道筋を示したようです。

芦名先生

初めて司馬さんが上宮中学で芦名先生と会った時、芦名先生は教師歴十五年くらいのベテラン教師でした。『芦名先生』[8]の中で司馬さんは「中学の一年、二年のときに国語を教えていただいたのは、芦名信行先生である。ひどく蒲柳のかたでお顔のおだやかな、ちょっと地蔵さまを細おもてにしたような感じのかた」とその印象を書いています。[10]

芦名先生

セピア色のこの写真は先生の履歴書に貼りつけてあったもので、お孫さんも先生ご本人と確認されています。正確な撮影年月日は不明ですが、背景の円柱から校内での撮影と考えられます。先生のお顔などから想像すると、司馬さんの在学当時とそう離れていない時期のものだと思われます。

また、防府市での講演会では、「担任ではありませんが、国語の先生で好きな先生がいました。若いころに結核をやったような感じのする人で、青白く、頼りがいがなさそうでした。けれども、何か一種の気品があるのですね。そして欲得というものが全くなさそうな方でした。お寺の住職なのですが、暇があるので中学へ教えにきていたようです」とも語っています。

この講演会では司馬さんは作文の先生の名前を明かしていませんが、『芦名先生』に書かれた先生の経歴と雰囲気・印象が非常に似ていることから、作文の先生は芦名先生だと考えて間違いないように思われます。司馬さんは大阪大空襲で自宅が全焼していますので、戦前の写真などはなく、芦名先生の記述を記憶だけで書いたと考えられます。司馬さんの記憶と描写力の確かさに驚くほかありません。

司馬さんが中学時代の記憶だけで『芦名先生』を書いたと考えられるもう一つの証拠として、『芦名先生』の中で司馬さんが、芦名先生の住所の高槻を茨木と間違って記していることが挙げられます。司馬さんが中学時代の卒業アルバムや他の住所録などで確認して書いていれば間違うはずのないことなので、司馬さんは自分の記憶だけでこの随筆を書いたと考えて間違いないと思います。

それにしても、二十五年近く昔の記憶だけで、芦名先生の容貌だけでなく雰囲気までを的確に描いているのは、よほど強い印象を持っていた証しといえると思います。

『芦名先生』と『悪童たちと凡夫』[9]には不思議なことがいくつもあります。一つ目は、どちらの作品にもいえることですが、冷静な司馬さんとは思えないくらい芦名先生への賞賛、感動が強すぎることです。二つ目は、司馬さんと芦名先生との個人的な接点がまったく書かれていないことです。

二編の随筆は二つとも同じ授業の話だと考えられているのですが、司馬さんは大勢の中の一人の生徒でしかなく、それ以上の存在ではありません。先生の質問に答える場面はありますが、その他大勢の生徒としての受け答えでしかありません。司馬さんが先生のことを激賞するには、どこかで強い接点、個人的な接点があったはずだと思いますが、どこにも書いていないのです。

三つ目は、随筆が二編、講演会で一回ふれているのに、中学時代を対象にした多くのインタビューにおいて、芦名先生のことにまったくふれていないことも不思議です。おそらく、司馬さんは意識して先生のことにふれていないのだと思われます。まるで、司馬さんのお母さんのことについて、一言も話していないのと同じようです。

四つ目は、防府市の公会堂[11]での講演会で司馬さんが話したのは、作文の授業中にぼうと外を見ていた司馬さんを、先生が作文の構想を練っていると勘違いして褒めてくれたという話なのですが、間違われて褒められたことを知っているにもかかわらず、なぜか、司馬さんは「いまでもその興奮は残っています」とまで話しています。間違われて褒められたことがなぜそんなに嬉しかったのか、疑問です。

五つ目は、人が人に与える大きな影響についてというテーマの講演会で、司馬さんはなぜ、吉田松陰と高杉晋作の話の途中に芦名先生の話をはさんだのかという疑問です。

このように司馬さんと芦名先生の間には多くの謎が横たわっています。これらの謎は、中学時代の司馬さんにとって芦名先生が非常に重要な存在だったからではないでしょうか。司馬さんはわざと中学時代の自分と芦名先生の間であった重要なことを書いていないように思えて仕方がありません。もしこの謎が解ければ、中学校時代の司馬さんの大きな謎を解明できるかもしれません。

芦名先生と二編の随筆

上宮中学校に司馬さんの人生を決めた二人の先生がいたことはすでにお話ししました。本題に入る前に、まずは芦名先生の経歴を簡単に書いてみたいと思います。芦名先生の経歴は英語の先生と違い、かなり詳しくわかっています。なぜなら、学園に戦前の先生直筆の履歴書が残っていましたし、『上宮』第30号に掲載された「先生自宅訪問記[12]」に芦名先生とご家族のことが詳しく書かれていたからです。

芦名先生は明治二十四年、高槻市の真宗のお寺に生まれた僧侶兼教師でした。東京の東洋大学を卒業後、しばらく他府県の公立中学校に勤務の後、故郷に帰り、改めて上宮中学校の国漢科教師として勤務を始めたことがわかっています。

戦後もそのまま上宮高校に勤務されていましたが、退職後は自坊の住職として活躍され、昭和四十九年に八十四歳で亡くなりました。芦名先生が上宮中学校で司馬さんと初めて出会った時、芦名先生はすでに四十五歳のベテラン教師でした。

芦名先生が国漢科の教師として司馬さんのクラスを担当したのは、中学一、二年の二年間だけで、担任になったこともなく、クラブの顧問でもありませんでした。表向きは、芦名先生は司馬さんにとって、国漢を二年間教えてくれたというだけの淡い関係の先生でしかありませんでした。

司馬さんはそんな先生のことを随筆に二編も書いているのです。それも同じ授業と思われる内容の話です。前述のように、二編の随筆のどこを読んでも、司馬さんは教室の中の一人の生徒でしかなく、二人に特別なことがあったようには書かれていません。ただ芦名先生の授業がいかに素晴らしかったか、讃嘆するような筆致で書かれているだけです。

『芦名先生』で司馬さんは、「このかたのわずかなお言葉まで、いまもありありとおぼえているし、そのおことばの声調子やちょっと頬にさしのぼった微笑までふしぎなほどはっきりと覚えている。子供心にもよほど魅力のある方だったのであろう」と書いています。

授業に関しても「他のこどももそうであったろうが、私にはこのときの光景が、色彩と音響を帯びて生涯わすれられぬものになっている。このとき、浄土教とは何者であり、浄土教における人間とは何者であるかが、おぼろげながらもわかった気がしており、もし私の過去にこのときの情景がなかったならば、私の思想はもっと違ったものになっていたかもしれないほどに、私にとっては重要なものになってしまっている。

――『凡夫とはわれわれのことやな』という一語は、念仏行者である芦名先生のお口から出たればこそ、子供の心さえ打ったああいう不可思議さがおこなわれたのであろう」とも書いています。

芦名先生の授業風景

『悪童たちと凡夫』では、「『ところで、日本歴史上の人物の中で、たれが最初に凡夫であると悟られたか』と訊かれた。〜中略〜『それは、法然上人と親鸞聖人や』と先生はいい、『今はむりかも知れんが、大人になったとき、もう一度いまのことを思いだして、考え直してごらん。ようわかる。もし大人になってもわからなんだら、その人間は一生不幸な人や』そういわれたことが、いまでもありありと思いだせる」と感動的に書いています。

司馬さんにこれほどの強い印象と感動を与えた芦名先生とは、一体どんな先生だったのでしょうか。司馬さんが芦名先生について書いたり話したりしたのは、ほんの数回しかありません。讃美しすぎるような筆致の随筆と、先生について書いた回数の少なさ。両者の間にギャップがありすぎるように思えます。

このギャップが私に司馬さんが書いていない何かがあるのではないかと疑わせました。とはいうものの、それは簡単には見つかりませんでした。この講演録を初めて読んでから、そのヒントの糸口が見つかるまで何年間もかかってしまいました。やっと見つかったヒントの糸口とはどんなものだったのかについては、後半の防府市講演会「松陰のやさしさ」と「人蕩し秀吉」で詳しく紹介したいと思います。

芦名先生の悲劇

司馬さんが上宮中学校に入学した前後の芦名先生のことを知る格好の記録がありま す。前章に書いた「先生自宅訪問記」です。普通、八十年以上も前に市井に生きた一人の僧侶兼教師の人生の詳細がわかることは滅多にないと思いますが、芦名先生の場合は、この「先生自宅訪問記」によって先生が遭遇した数々の悲劇やそれを乗り越えた努力までが詳しくわかるのです。この見事な記事を書いてくれた、名前もわからない文芸部の記者君に感謝するばかりです。

この自宅訪問記の記事をもとに、芦名先生が司馬さんと出会うまでの人生をたどってみたいと思います。

芦名先生は上宮中学校に国漢科の教師として再就職された前後に結婚され、幸せなご家庭を築いていましたが、突然、奥様と三番目のお子さんを出産時の事故で亡くすという悲劇が襲います。この後、先生のご家族は立て続けに不幸に見舞われることになります。

奥様と三女を出産時の事故で同時に亡くされたあと、しばらくして、芦名先生はお母さんが病気で亡くなり、その数か月後には住職だった父親が急死します。そのため、芦名先生は急遽、お寺の住職を継ぐことになり、なれない住職の仕事と教師を兼務することになりました。

そして、芦名先生はこの訪問記が書かれた年の初めの頃に最愛の娘さんを亡くしていたのです。父親として最悪、最凶というべき悲劇でした。

芦名先生と司馬さんが出会ったのは、先生が娘の死に直面し、乗り越えようとしていた、まさにその時のことでした。「先生自宅訪問記」にはこの悲劇を乗り越えるために芦名先生は、毎夜、法然上人や親鸞の法語を一心に読み続けたとあります。

司馬さんに感銘を与えた芦名先生の「凡夫」の授業があったのは、中学二年生の時だったといいますから、先生が愛娘を亡くした翌年にあたり、先生が哀しみを乗り越えようと努力していた時期にあたります。

司馬さんは『芦名先生』と『悪童たちと凡夫』の二つの随筆で、この授業を感動的に語っています。芦名先生はベテラン教師で、才能豊かな教師だったことは間違いがないと思いますが、それだけでは司馬さんをここまで感動させることができなかったかもしれません。愛娘を亡くすという悲劇、そして法然や親鸞の法語を読んで、それを乗り越えたことで、芦名先生の信仰が深化したのかもしれません。

司馬さんは「念仏行者である芦名先生のお口から出たればこそ、子供の心さえ打ったああいう不可思議さが行われたのであろう」と書いています。

中学一年から二年間、司馬さんは英語の先生との軋轢で苦しんでいました。そんな時期の司馬さんだったからこそ、芦名先生が授業の言葉の一つひとつに感じるものがあったのではないかと思えて仕方がありません。

もし、二人との出会いが、芦名先生が幸せな家庭生活を送っていた時期だったらどうだったでしょうか。そうすると出会いは別のものになっていた可能性があります。この芦名先生の授業は司馬さんにとって、非常に重要な授業となりました。

二　校友会雑誌『上宮』

校友会雑誌『上宮』

戦前の全国の旧制中学校以上の学校には、校友会というものがありました。ごく簡単にいえば、現在の生徒会などにあたるものといえるかもしれません。また、その校友会では校友会雑誌があり、定期的に発行されていました。この校友会雑誌はその学校によって、特色や個性があり、卒業後、有名作家になった生徒が中学高校時代に作品を発表する場でもあったようです。

上宮中学校の校友会雑誌の前身と考えられる同窓会会報が発行されたのが大正十五年一月と『上宮学園九十年の歩み』には記されています。現存する最後の号は昭和十六年三月に発行された第36号ですから、年に平均二回、年によっては三回が発行されていたようです。

しかし、昭和十六年四月に文部省の指令によって、全国のほとんどの校友会などは学校報国団に改組され、上宮中学校の校友会も同じく改組されました。この改組のために校友会雑誌『上宮』もこの第36号をもって廃刊になったと思われます。

現在、上宮中学校の校友会雑誌で、存在が確認されているのは、三十六冊中わずか七冊しかありません。その七冊で完全にページが揃っているのは四冊だけです。

その四冊しかない完本の内、二冊に中学一年の時に司馬さんが書いた作文（第30号）と、司馬さんの書いた「卒業片言」が掲載されていました。特に第36号は校友会雑誌廃刊直前の号でした。校友会雑誌『上宮』の廃刊が一年早ければ、第36号は存在せず、司馬さんの「卒業片言」も存在しなかったのです。

私はこの中一の時の作文が掲載された第30号と「卒業片言」が掲載された第36号の二冊を奇跡の号と呼んでいます。どちらも一冊しか存在が確認されていない古書界でいうところの孤本ということと、司馬さんの中学の入り口と出口にあたる時の作品を掲載している二冊だからです。

最初に、昭和十一年十二月発行された第30号について説明したいと思います。この号には、司馬さんが中学一年の秋に書いた作文「物干臺に立つて」[13]が掲載されていました。

この作文は確認されている司馬さんの現存する最古の作文になります。中学一年の作文の授業のために書いた作文ではありますが、中学一年生が書いたとは思えないくらいの素晴らしいものです。この作文については、次の章で詳しく解説したいと思います。

次の第36号には、司馬さんの「卒業片言」[14]が掲載されていました。「卒業片言」とは、上宮中学校の伝統行事で、卒業に際して五年生全員が学校への想いを一行ほどの短文で書いたものです。この司馬さんの「卒業片言」はそれとは明確に書いていませんが、作家になる夢を宣言したと考えられる言葉が綴られていました。

司馬さんは小学生の頃から、作家になる夢を持っていました。そして、その夢を中学校卒業の記念である、「卒業片言」でそれとなく宣言しているのです。

このように、わずか四冊しか残っていない完本の中に司馬さんの作文と「卒業片言」が含まれていました。このことも奇跡といわざるを得ません。もし、この二冊が他の多くの号と同じく、戦後の混乱で失われていたら、司馬さんの中学校時代を知るすべはまったく存在しないことになっていたのです。

司馬さんは学園に自分の作文や「卒業片言」が現存しているとはご存じなかったでしょう。司馬さんの自宅は空襲で全焼していますし、多くの同窓生の自宅もそうだったかもしれません。そんな状況の中で、『上宮学園九十年の歩み』という学園史の出版のために今から四十年も前に、時の校長が同窓会に校友会雑誌の寄贈を呼びかけることがなかったら、わずかに残った校友会雑誌もこの数十年間の間に消えてしまっていたかもしれません。

私は全国的な古本屋さんのサイトで二十年以上、校友会雑誌『上宮』を検索していますが、一度もヒットしたことはありません。卒業アルバムがたった一冊見つかったことがあるだけです。

この校友会雑誌『上宮』の二冊は現在、司馬遼太郎記念館に寄贈されています。傷みの少ない第30号が常設展示されていると思いますので、是非ご覧になってください。第36号は現在、経年劣化で目もあてられない状態です。もともと、用紙がザラ紙のような紙質だった上に、さらに経年劣化で茶色に変色し、ボロボロの状態になってしまいました。四年以上古いはずの第30号がほとんど劣化が進んでいないことを考えると、この四年間に日本に何があったのかと思わざるを得ないような状態です。

考えられる理由はただ一つ。第30号と第36号の間の四年間の間に印刷用紙が非常に質の悪いものになっていたということです。しかし、第36号が出版されたのは昭和十六年三月ですから敗戦直前ではなく、太平洋戦争が始まる九か月も前のことなのです。いくら物資を統制していたといっても、開戦前でこの紙の状態とは驚かざるを得ません。

紙の質でいえば、もう一つ忘れられないことがあります。上宮学園は敗戦から六年間、校舎をGHQに陸軍病院として接収されていた時期があることは先にも述べました。その後、サンフランシスコ講和条約の締結によって、やっと返還されることになりましたが、一緒に米軍が寄贈していったものがありました。EM（エデュケーション・マニュアル）というアメリカの国防総省が作った小冊子です。これが作られた当時はまだ戦争中でしたが、やがて戦争が終わって母国に帰還するであろう若い兵士たちのために作られた、様々な職業を紹介する冊子でした。それらが上宮学園に寄贈されて、百冊ほど残されていました。

このEMは校友会雑誌とほぼ同じ体裁のものですが、まったくといってよいほど経年劣化していません。戦時中の経済レベルの差という以上に、戦時中であるにもかかわらず、戦後を想定したこんなものまで作っていたことに驚いた記憶があります。

作文「物干臺に立つて」

校友会雑誌『上宮』第30号は司馬さんが一年生の時、二学期の終業式のあとで全校生徒に配布されたものだと考えられています。

この章では第30号に掲載された司馬さんの作文『物干臺に立つて』を詳しく検証したいと思います。作文自体は原稿用紙一枚にも足らない短いものですが、司馬さんの現存する最も古い作品というだけでなく、将来の司馬さんを予感させる素晴らしい作文です。

作文のテーマは自宅の物干し台から見える当時の大大阪、難波の都会的な風景を描くことにありました。そのために司馬さんは、自宅の二階の物干し台から見える都会の風景をいかにスマートに表現するか、印象的に書くかに挑戦しています。物干し台に立つ福田少年の視点の移動にともなって都会の風景がスピード感をもって展開していく面白さに注目したいと思います。

司馬少年はまた、都会ならではの鮮やかな色彩を風景の中に取り入れることにも工夫をしています。当時、大都会でしか絶対に見られないような原色の赤や黄、青などを印象的に書くことで都会的な風景を描き出しているのです。

『街道をゆく』の担当編集者だった村井重俊氏はその著作で、司馬さんから「『五秒間ほど、画家になりたいと思ったことがあるよ』という話を聞いたことがある。『スケッチのほうが広がりがあっていい場合もあるんだ。物事にアプローチするとき、耳で入る人、さわる人、食べる人といろいろだけど、僕は目だね。視覚的というか絵画的に入り、頭に入れていく』[15]という話を聞いたこともあった」と書いています。

司馬さんが書いた作文を見ると、まさしく、このスケッチを駆使して書いていることとがわかります。中一の時に、司馬さんはすでに、自分の文章の特質を把握しており、風景をいかにスケッチ風にして表現するかを工夫していました。

また、司馬さんはこの原稿用紙一枚足らずの作文で、黒、青、赤、弱々しい赤、薄赤、黄の六色を使い分けています。その中でも特に赤が、微妙な赤、弱々しい赤、薄赤の三色に書き分けられていることに気がつきます。『風塵抄』の最初の章、「都市色彩のなかの赤」[16]には、司馬さんの赤という色彩に対するこだわりが書かれていますが、そのこだわりが中学一年生の頃にすでにあったことがわかります。『風塵抄』での司馬さんの赤に対する描写は、またのちほど、詳しく取り上げたいと思います。

この短い作文のもう一つの特色は、ある風景から次の風景に移るまでを一つのパターンで書いていることにあります。ほぼ二行で一つの風景を完結させ、次の風景に移るということを繰り返すことで、八か所もの風景を原稿用紙一枚、四百文字以内で書き込むことに成功しているのです。

この作文は、スケッチ風の素早い風景の展開、色彩の効果的な使い方、風景描写の効率的なパターン化などは決して偶然ではなく、司馬さんが難波の都会的な風景をいかに書くべきかを深く考えて書いた実験的で意欲的な作文でした。

司馬さんの文章の特徴である色彩・俯瞰・スケッチ的描写などがまとまって、最初に表れたものがこの作文といえます。中学一年生だった司馬さんの恐ろしいまでの文学的な才能の最初の開花を証明する、この作文の重要性を再認識する必要があるのではないでしょうか。

作文「物干臺に立つて」を分析してみた

この章では「物干臺に立つて」の風景描写をさらに詳しく分析していきたいと思います。司馬さんはこの作文を、風景描写をパターン化して書いていると先に書きましたが、自分が生まれ育った難波を都会風にスマートに書き込みたいという想いがあり、なおかつ、大きな風景を原稿用紙一枚という小さなスペースに収めるために、この技法を考えたのかもしれません。

その前に司馬さんが作文に書いた難波の南海髙島屋と大阪歌舞伎座の絵葉書[17]があり

南海髙島屋・大阪歌舞伎座

ましたので紹介します。この二つの建物が司馬さんが作文に書いたように、大都会でしか見られないような巨大なランドマーク的な建築物だったことがよくわかると思います。

また、上宮高校図書館が所蔵する『大大阪市勢大観—鳥瞰式立体図』[18]を詳しく見た時、司馬さんが作文中に書いた難波警察署、歌舞伎座の屋根の色が作文に書いた色そのままに印刷されていることに感動したことがありました。

この『大大阪市勢大観—鳥瞰式立体図』を描いたのは、鳥瞰図絵師の吉田豊でした。その吉田豊が描いた鳥瞰図の傑作がこの作品だったのです。

ちなみにこの鳥瞰図は司馬さんが上宮中学に入学する前年に発行されたもので、まさしく、司馬さんが実際に歩いていた大阪の街を鳥が上空から見たように精密に描いたイラスト地図なのです。
そんな鳥瞰図が戦後の混乱を乗り越え、司馬さんの作文と対応するように、現在も上宮高校に所蔵されているのも不思議なことといえるかもしれません。

作文の風景描写は、おおよそ、《最初の風景》⇩《追加の風景描写》⇩《自分の動作》あるいは《……のよう》⇩《自分の動作》⇩《次の風景》の順に視線は移動していくのですが、その間、実に多くの（のよう）（らしい）（かのように）（であろう）（のだろうか）（ゐるような）が散りばめられていて、読者の風景のイメージをふくらませます。

そして、その風景の中に六色にも及ぶ色の煙や建物を配置して、印象的なアクセントを深めるだけでなく、自宅の物干し台から見える難波の風景をスケッチ的に描写することで、難波の街を都会的でスマートな大都会に仕立て上げるのに成功しています。

①《日本晴の空は果てしなく澄みわたつてゐる》⇩《私は物干臺に上がつて四方を

ながめた》⇩

②《黒い煙をはく煙突は林のやう》⇩《そつと踵を上げて見る》⇩《赤い大きな屋根の家が見えた》⇩《難波警察署らしい》⇩《頭を左にまはす》⇩

③《今度は頭を左にまはす》⇩《祝日の大国旗がはた〳〵と風を食つて動いてゐる》⇩

④《赤い弱々しい蜻蛉》⇩《如何にも秋らしい景色だ》⇩

⑤《アンテナ竿が兵隊さんのやうに》⇩《面白い》

⑥《黄色な建物があたりの屋根共を制してゐるかのやうに見える》⇩《稲荷小学校なのだ》⇩《一等大きいのは髙島屋だ》⇩

⑦《青色の建物は歌舞伎座であらう》⇩《お盆に盛つたビスケットのやうだ》⇩

⑧《お隣の柿の木が薄赤い實を枝一つぱいにつけてゐる》⇩《もうたべられるのだらうか》⇩《柿は待つてゐるやうな気がしてならない》(サゲ)

物干し台から難波の風景を順に見ていった司馬さんの視線は最後に隣の家の柿の木の赤い実にたどりつきます。司馬さんは、隣の家の柿の実を食べたいのは自分なのに、柿が食べられるのを待っているようだと、落語でいうサゲ（オチ）までつけているのです。

最後に、司馬さんの作文につけられた短評についてふれたいと思います。昭和十一年度の旧制上宮中学校は五学年で二十五学級ありましたが、全部で二十六の作文が選ばれて、校友会雑誌の文苑欄に掲載されました。そして、一年二組の代表として司馬さんの作文が選ばれたのです。

司馬さんの作文につけられた短評を書いた先生の名前はありませんが、書いたのは、一年の国漢の授業を担当していた芦名先生で間違いないと思われます。なぜなら、一年生の全クラスの国漢の授業を芦名先生が一人で担当していたと考えられますし、作文の授業も芦名先生が担当していたからです。

そういった意味で、集まった作文の中からクラスの代表を選んだり、短評を書いたりするには、芦名先生が適任でした。また、校友会雑誌の編集をしていた文芸部の顧問も芦名先生が担当することが多かったこともつけ加えたいと思います。

短評の「素早い観察の中にも無邪気な空想が乗せてある」は作文が難波周辺の風景

をスケッチ風に描写していることを指しているのだと思います。芦名先生の読解力の鋭さがよくわかる短評だと思います。

『私の小説作法』[19]で司馬さんは、「ビルから、下をながめている。平素、住みなれた町でもまるでちがった地理風景にみえ、そのなかを小さな車が、小さな人が通ってゆく。そんな視点の物理的高さを、私はこのんでいる。つまり、一人の人間をみるとき、私は階段をのぼって行って屋上へ出、その上からあらためてのぞきこんでその人を見る。おなじ水平面上でその人を見るより、別なおもしろさがある」と書いています（全集第32巻）。

これらの言葉はまるで中学一年の時に書いた作文「物干臺に立つて」を書いた意図を、作家になった司馬さんが解説文で書いているかのように思えます。もしかすると、司馬さんが俯瞰的な視点の面白さや自分の絵画的に捉える特質を最初に発見したのは、この「物干臺に立つて」を書いた時だったのかもしれません。もしそうであれば、この短い作文は司馬さんの文学を考える上でさらに特別な意味を持つことになりそうです。

幻の作文

司馬さんは講演会で、作文の授業があったのは二年生の時だったと話をしているのですが、それが二年のいつだったのかは話していません。もしそれが前年のように、秋に実施されていたのであれば、二年の二学期末の第33号に掲載された可能性があるのですが、残念なことに、第33号は非常時局特輯号ということで作文の掲載はなかったようです。

また、次の三学期末の第34号は卒業記念号ですから、もとより作文の掲載はありません。つまり、この年は作文の掲載の可能性がある校友会雑誌は一学期の終業式に配布された第32号しかないことになります。しかし、一学期は年度初めで、行事が多い学期ですから、作文の授業があったかどうか、何ともいえない、微妙な時期でもあります。

さらに残念なことは肝心の第32号が学園に存在しないことです。おそらく他の号と同じく、戦後の混乱で失われてしまったのでしょう。

どなたか、戦前の上宮中学校の校友会雑誌『上宮』の第32号をお持ちの方がおられましたら、(もちろん、それ以外の号でも構いません) 是非上宮学園か私までご一報いただければと思います。可能性は低いと言わざるを得ませんが、もし第32号が見つかれば、司馬さんの中学時代の第二の傑作が見つかる可能性もあります。何しろ、芦名先生が激賞した作文なのですから。

司馬さんの「赤」

司馬さんの色彩について、少し考えてみたいと思います。司馬遼太郎忌が司馬さんが好きだった菜の花からとって、菜の花忌と呼ばれていることは有名です。

しかし、司馬さんは菜の花の黄色以外にも好きな色があったように思います。『風塵抄』の一番最初に収められている「都市色彩のなかの赤」[16]は司馬さんが色彩、特に「赤」にこだわりを持っていたことがわかる興味深い随筆です。

この「都市色彩のなかの赤」というエッセイは、司馬さんが三十代の頃、富岡鉄斎展で見た、ある文人画の作品が赤を的確に使っていることで、「その小さな赤は、小指をピンで突いたように全体に痛みを広げるほどに衝撃的だった。私はこの一作のために鉄斎が大好きになった」という体験を書いたものですが、逆に司馬さんの好きな赤を鉄斎が絶妙な使い方をしたがゆえに鉄斎を好きになったようにも捉えることができるかもしれません。

「都市色彩のなかの赤」の後半部分には、大阪の街の色彩感覚に対して辛辣な言葉が並んでいます。「色彩の騒音」や「わが故郷ながらいやになる」「赤が多用されればされるほど、町のガラはさがるようである」とも書いています。これを読んでいると、司馬さんがいかに色彩に繊細な感性を持っていたカラーリストだったかがよくわかる気がします。

このような大阪の街の「赤」に対する辛辣な苦言は、司馬さんの大阪への愛情から来ているとは思いますが、生来の色彩に対する感性の鋭さから来る嫌悪感だったようにも思えます。

この「都市色彩のなかの赤」と対照的な文章が一篇あります。先にお話しした「物干臺に立って」がそれです。司馬さんはすでにこの頃から自分の文章の絵画的、スケッチ的に捉える特色や自分の色彩感覚を自覚していたように思えます。なぜなら、司馬さんは色彩感覚などを意識しながら、この作文を書いているように思えるからです。

この「物干臺に立って」は授業で書いた作文がたまたまよかったからではなく、芦名先生がこの作文が、「厳密な計算」に基づいて書かれたすごい作文だったことを見抜いたからこそ、校友会雑誌に掲載を決めたのかもしれません。

それだけに、芦名先生が自分の挑戦的な作文の意味と価値を見抜いてくれたことや自分の文才を認めてくれたことが嬉しくてたまらなかったのかもしれません。司馬さんは初めて自分を理解してくれる人間を得たと思ったようにも思えます。

司馬さんはこの時の感動、感謝を中学校卒業後、二十年以上が経過しても忘れませんでした。それほど、真の理解者を得たという司馬さんの喜びは大きかったのです。

三　大阪市立御蔵跡図書館

御蔵跡図書館とは

御蔵跡図書館は大正十年十月に開設されました。[23] 当時、大阪市の東西南北の全四区にほぼ同時期に新しく開設された四館の内の一館でした。司馬さんはこの図書館に中学・大学時代を通じて通っていたことは有名です。司馬さんが通った市立御蔵跡図書館は、司馬さんの作家としての背骨を作ったといってよい図書館でした。司馬さんはこの図書館の蔵書のほぼ全部を読んだといいます。

しかし、この図書館に通い始めた時期について二つの説があるのをご存じでしょうか。一つ目は『司馬遼太郎の世紀』の「司馬遼太郎年譜」の「昭和十一年、十三歳この頃から御蔵跡町の大阪市立図書館に通う」[20]の十三歳説（中学一年生説）で、二つ目が『司馬遼太郎全集』三十二巻「自伝的断章集成」の「昭和十三年 十五歳 中学三年生。このころより御蔵跡町の市立図書館へ通い始める」[6]と記された十五歳説です。

この年譜の十五歳説の文章について、和田宏さんは「そこで年譜にあわせて、尻ごみする司馬さんにむりやり来し方を語ってもらった」と書いているので、「自伝的断章集成」は司馬さん自身が話したものであり、確認したものといえます。つまり、どちらが正しいかといえば、司馬さん自身がチェックした『司馬遼太郎全集』三十二巻の年譜になると思われますが、しかし『司馬遼太郎の世紀』の「司馬遼太郎年譜」が司馬さんの死後にまとめられた年譜だったとしても、単純に間違いだとはいえないのです。

公園の右上隅の二階建ての建物が御蔵跡図書館[22]

なぜなら、『風塵抄』の「〝独学〟のすすめ」には「図書館にゆけば簡単にわかることが、学校では教師とのあいだで感情問題になってしまう。私の学校ぎらいと図書館好きはこのときからはじまった」とありますし、また、「私が市立の御蔵跡図書館を使ったのは、中学一年だった昭和十一年から、兵隊に行く十八年まででした。ずいぶん長くご厄介になりました[21]」と書かれたものもあります。

御蔵跡図書館外観

私が注意する必要があると考えるのは、この頃の「図書館好き」が全蔵書読破を目的としつつも、その半分以上は英語の先生のストレスから逃れるための逃避の意味があったのではないかということです。

私は今、司馬さんが御蔵跡図書館に通い、蔵書のほとんどを読んだということを「全蔵書読破」と書きましたが、この全蔵書読破について少し説明しなければいけないようです。もともと、司馬さんはこの図書館の蔵書をほとんど読んだということについて言及したのは二回ほどしかありませんし、それも、図書館が好きで通う内にいつのまにか読んでしまっていたというニュアンスで軽い感じで書いているだけです。

しかし、仮にも日本を代表するような大都市である大阪の市立図書館の一館にある蔵書のほとんどを、七年かかって読み尽くすことは、並大抵のことではなかったはずです。そのため、私は司馬さんの中学・大学時代の読書を特別なものとして仮に全蔵書読破と名づけたいと思っています。

このことは、司馬さんの全蔵書読破を大袈裟にしたくないという意思に反するかもしれませんが、そうしなければ、司馬さんが中学・大学時代の青春のほとんどをつぎ込んだ全蔵書読破の本当の意味が明確にならないと考えるからです。

司馬さんが、中学一、二年の頃（担任との対立でストレスで一杯だったと思われる時期）のことを話していると思われるインタビューでは、司馬さんは図書館通いを「学校が終わったら図書館へ行くことのみが楽しみでした。ベルが鳴るとワーッと走って行く感じです」[21]と語っています。

みどり夫人が「司馬さんは図書館に逃げていた」と話しているのは、同じ頃のことだったでしょう。

そんな辛かった中学生活も三年になってようやく終わりを迎えます。すでに書いたように英語の先生が担任から外れたのです。このことは司馬さんは全蔵書読破と速読術の習得に集中できるようになったことを意味します。

ただ、この時期のことだと思われるインタビューでは「いま思い出してもそんなにワクワクするようなものではありません」と話しているのが少しひっかかります。おそらく、この「ワクワクするようなものではありません」は全蔵書読破に挑んだ時の正直な心境だったと考えられます。よほど、過酷で辛かったのではないでしょうか。その後に続く、「ただ、自分の十代の間に何ごとかがプラスになってくれた。それは、いくら考えても図書館しかないですね」[21]は、そんな辛かった時期を乗り越えて達成した全蔵書読破が、自分に与えてくれたものの大きさを語っているように思います。

以上のように考えると、司馬さんが改めて、自分の図書館通いがいつ始まったのかを考えた時、図書館に逃避していた中学一年ではなく、本気で全蔵書読破を始めた中学三年こそが自分の図書館通いが始まった年と考えるのがふさわしいと考え、それが「自伝的断章集成」の記載になったのではないかと考えられます。

しかし、司馬さんは結局、全蔵書読破は中学卒業までには達成できず、大学を仮卒業する頃にようやく達成できました。中学一年から始めたとして七年、中学三年からだと実に五年間を費やして達成したことになります。

この信じられないような挑戦は何より、司馬さんに高い志と強い覚悟を持てば自分はどんなことでもなし遂げられるという自信を与えたように思えます。この絶大な自信は、曰く「人間、事を成すか成さぬかだけを考えておればよい」、曰く「可能かどうかを考えるよりも一つずつやりとげてゆくことだ」「勇気と決断と行動力さえもちあわせておれば、あとのことは天に任せればよい」「人間には志というものがある。この志の味が人生の味だ」など、多くの作品に散りばめられた言葉に見ることができます。

司馬さんには全蔵書読破以後も数々の試練が待ち構えていましたが、全蔵書読破に比べたら、何ほどのことはなかったかもしれません。司馬さんは人生最大の壁を大学生時代にすでに乗り越えていたからです。

御蔵跡図書館は唯一の選択肢だった

司馬さんは「図書館で教わった本の読み方」[21]で御蔵跡図書館について記者に「先生がおもに御蔵跡図書館をご利用になった理由は何ですか」と尋ねられると、「それは地理的な理由です」と一言で答えています。

たしかに司馬さんの言う通り、それが最大の理由でした。当時、大阪市には御蔵跡図書館以外に阿波座図書館、西野田図書館、清水谷図書館、今宮図書館、城東図書館の五つの市立図書館がありましたが、司馬さんが下校途中に通うには、御蔵跡以外の図書館は帰宅方向と違ったり遠すぎたりして、簡単には通えない場所にありました。市電を使えば通えなくはない図書館もありましたが、電車賃が必要になります。

司馬さんにとって、御蔵跡図書館の「地理的理由」は絶対的なものでしたが、それ以外にも、御蔵跡図書館を含む大阪市立図書館の運営方針のいくつかが違っていたら、全蔵書読破は不可能だった可能性がありました。そのことを検証するために、府立図書館と比較してみたいと思います。まずは、図書館の使用料です。司馬さんによると、市立図書館は無料で、「府立は二銭か何か徴取していました」[21]ということです。市立御蔵跡図書館が府立図書館と同じように有料だったら、中学生のわずかな小遣いでは、地理的理由以外でも府立図書館は毎日は通えなかったでしょう。

次の条件は図書館の蔵書の管理方法が開架式か閉架式かの違いになります。司馬さんによれば、府立図書館は閉架式でしたが、御蔵跡図書館は開架式でした。市立図書館が府立のように閉架式だったら全蔵書読破は絶対に不可能でした。

逆に御蔵跡図書館が閉架式だった場合を考えれば、その理由がよくわかります。閉架式の図書館では蔵書の大部分は書庫に収蔵されているので、読みたい本を書庫から出してもらうには手続が必要でした。私にも経験がありますが、昔の府立図書館では請求用紙に蔵書目録で調べた書名や請求記号などを書いて、司書に書庫から出してもらう必要がありました。

司書は請求用紙を受け取ると書庫に降りていって本を探し、受付まで本を持ってきてくれます。その間、早くても十分はかかりました。それも一度に数冊しか頼めません。このように一冊の本を書庫から出してもらうだけでも手続きがあり、時間がかかるのが閉架式の図書館なのです。

これについて司馬さんは、「何よりうれしかったのは、現代ふうの開架式だったことです。子どもにとって開架式は非常にありがたくて、好きなぐあいに読んでいました」[21]と繰り返し喜んでいます。

司馬さんは御蔵跡図書館の開架式の書架を現代風だったと話していますが、大阪市立中央図書館発行の「図書館通信」によると、現在のような全面開架とは違って、当時の開架式は金網越しに書架の本を請求する方法だったようです。[25]

当時の開架式がどのような形式だったにせよ、閉架式より簡便だったことは間違いなく、御蔵跡図書館が開架式だったからこそ、全蔵書読破が可能でした。

このように「地理的理由」が第一の理由だったのは間違いありませんが、それ以外の理由でも、どれか一つでも府立図書館と同じだったら、司馬さんがどんなに努力しても全蔵書読破は不可能でした。

記者からの「先生がおもに御蔵跡をご利用になった理由はなんですか」は、図書館に毎日通った本当の目的を尋ねているように思えますが、司馬さんは、質問の意味をわざとすりかえて、「地理的理由」とだけ答えているように思えます。

司馬さんは図書館通いの目的を答えていないのです。本当の目的とは、御蔵跡図書館の全部の蔵書を読破する目的のことです。この目的こそが、司馬さんが七年間も御蔵跡図書館にこだわり続けた理由でした。

司馬さんはこれ以上のことはまったく書き残していませんので、想像するしかありませんが、さまざまなことを考え合わせると、出てくる答えは一つしかありません。司馬さんが中学・大学と七年間も御蔵跡図書館にこだわり続け、通い続けた本当の目的は、単なる下校途中の休憩場所ではなく、御蔵跡図書館の蔵書を全部読破することにありました。そして、全蔵書読破をなし遂げたあとの最終的な目的は、作家になることにあったと考えられるのです。

司馬さんが語る図書館通いについてのギモン

「図書館で教わった本の読み方」のインタビュー記事の中で、質問に対して、ほかにもわざとズラした答えを返していることがわかる部分があったので紹介したいと思います。司馬さんが自分の美意識から、個人的な質問は忌避したかったことがわかると思います。仮に図書館通いの時期を前半（中一～二年）と後半（中三～大学仮卒業まで）に分けました。

証言①「帰り道、まん中あたりで休みたくなるでしょう。それが図書館なんです」

Q：なぜ、図書館通いを帰宅途中の休憩場所のように話しているのか。

A：図書館へ全蔵書読破のために通っていたことを話したくないので、ごまかすために、休憩するのに便利だったから通っていたと言ったと考えられます。

証言②「何を読んでいたか、はっきり記憶していませんが、図書館にある本の全部といっていいくらい、読んでいたのではないでしょうか」

Q：なぜ、図書館の本をいつのまにか全部読んでしまったかのように軽く話しているのか。

A：図書館通いも全蔵書読破も大変なことではないと感じさせたい意図を感じます。

証言③「一部というより半分くらいです。精神的には半分以上かな。学校が終わったら図書館へ行くことのみが楽しみでした。ベルが鳴るとワーッと走っていく感じです」

Q：なぜ学校が終わったら図書館に行くことのみが楽しみだったのか。

A：当時、司馬さんにとって、図書館が英語の先生のストレスから逃れられる唯一の場所だったから。

証言④「いま思い出してもそんなにワクワクするようなものではありません」

Q：なぜ証言③と矛盾しているのか。

A：矛盾の理由は、図書館通いの時期が違っているから。証言③と④とでは、図書館に通っていた時期が違い、その時の心境がまったく違うから。証言③は中学一、二年生の頃で、図書館に逃げていた頃であり、④は全蔵書読破に挑んでいた中三以降の時期と考えられます。中三になってからは、全蔵書読破のために大量に読まねばならないから、非常に辛かったのだと考えられます。

証言⑤「図書館に六時ごろ着いて、空腹だったけれど九時ごろまでいました」

Q：なぜ、おなかの減る成長期の中学時代に夕食もとらずに九時まで読書していたのか。休憩のために来た図書館で夜九時まで本を読むのは変ではないか。

A：本当は、全蔵書読破のために必死に読書冊数を増やそうとしていたから。ここでも全蔵書読破について一言もふれていないことに注意です。

証言⑥「借り出しは三冊以内でしたから、必ず三冊借りました」

Q：なぜ、「必ず三冊借りていた」のか。

A：全蔵書読破をするには図書館での読書では足りないので、館外貸し出しで少しでも、読書冊数を増やそうとしていたから。

証言⑦「繰り返しますが、志を立てて図書館へ行っているのではなく、学校がイヤだったから行っていたのです（笑）」

Q：なぜ「繰り返しますが」と念を押しているのか。なぜ「志を立てて」と先回りして話しているのか。なぜ笑ったのか。

A：読書の目的である全蔵書読破にふれられたくなかったので、ごまかすために笑ったのではないか。

このように司馬さんが御蔵跡図書館に通っていた話を検証してみると、あやふやなことと正直に話している部分とが交ざっているように感じますが、結論としては、司馬さんは全蔵書読破に必死だったけれど、そのことはあまり知られたくなかったように感じます。全蔵書読破の目的を知られることと、必死で読書を頑張っていたことを知られることは美意識に反するカッコ悪いことだったのだと思います。

四　全蔵書読破

全蔵書読破が過酷だった理由

司馬さんが書いたもので、御蔵跡図書館の蔵書をほとんど読んだということにふれたものは、前述したように『司馬遼太郎全集』の第32巻の「足跡 自伝的断章集成」ともう一つしかありません。

しかしここでも、五年ないし七年間という長期間をかけて、市立図書館一館のほとんど全部の蔵書を読んだ目的については、まったくふれていません。昭和十一年の大阪市立図書館六館の蔵書総数は約七万冊だったと記録[24]にあります。平均すると一館あたりの総冊数は約一万二千冊弱になります。

しかし、司馬さんが図書館で読む本がなくなるくらいに読んだと言っているのは、この一万二千冊を司馬さんがすべて読んだという意味ではないでしょう。なぜなら、この蔵書の中には少なからず大学で習うような高等数学の本もあったと想像されるからです。

理系の本といっても、動物や植物を扱ったなどの一般書などは大丈夫だとは思いますが、高校や大学で扱うような数学や物理・化学の専門書はどうでしょう。数学が苦手だった司馬さんがそれらを読んだとは思えませんので、そういったものを除いた蔵書を読んだという意味に解釈すべきだと思います。

司馬さんの言う「しまいには読む本がなくなってしまい魚釣りの本まで読んでしまいました」の意味は、苦手な数学やその他の理系の専門書を除いた蔵書を読んだという意味なのだとゆるく解釈すべきだと思います。

まったくの想像になりますが、私は司馬さんが読んだのは、ざっと、全蔵書中で、数学などの専門書を除いた七割くらい、つまり七千冊くらいを七年間で読んだというのが妥当なところではないかと思います（毎年、新規購入分の蔵書も増えますから、実際はもっと多かった可能性もあります）。

それにしても、すごい冊数です。私が勤務していた高校の図書館において、年間の貸し出し冊数のベスト3に入る生徒でも、例年百五十冊を少し超えるくらいだったと記憶しています。

この、年間百五十冊という貸し出し冊数は、通年で、ほぼ二日に一冊を読んだことになるのですから、司馬さんが平均で年間千冊読んだということは、速読術を駆使したとしても、現代の生徒の七倍の冊数を読んだことになる恐ろしい数です。

それだけではありません。もっとすごいのは、そんな読書量を七年、少なくても五年継続していたことです。現在の生徒で、年間百五十冊の読書量を高校三年間継続できるのは本当に限られた生徒だけです。それを実行するにはよほどの動機や覚悟が必要です。単に読書が好きだからでは不可能なことではないでしょうか。

司馬さんは学校嫌いで、中学の勉強はまったくしなかったとあちこちで書いていますが、実際のところ、夜の九時半頃に帰宅して、食事をしてから勉強を始めようとしても、風呂に入る時間も必要ですし、図書館から借りた三冊の本も読まねばなりません。家で学校の勉強をする時間などはほとんど、どこを探してもありませんでした。

しかし、司馬さんはそれを自分は勉強しなかったと書いています。ここにも、司馬さんの美意識が働いているようです。司馬さんは学校にいる時間とそれ以外の必要最小限のことを除いたほぼすべてを全蔵書読破につぎ込んでいたと考えられます。そうでなければ速読術の「写真読み」[26]を駆使したとしても、全蔵書読破は不可能だったことでしょう。

そこまでして、司馬さんが読書に打ち込んだ特別な動機とは何だったのか、答えは一つしかありません。「絶対に小説家になりたかったから」です。どこにもそんなことを司馬さんは書いていませんが、中学生だった司馬さんは、自分が作家になるためには、図書館一館を読み尽くすほどの幅広い知識と教養が必要だと考えていたのではないでしょうか。

全蔵書読破と「卒業片言」

「卒業片言」とは、戦前の上宮中学校の卒業生全員が卒業に際して、母校や後輩たちに書いた短い文章のことをいいます。「卒業片言」は例年、校友会雑誌『上宮』の卒業記念号に掲載されていました。戦後、校友会雑誌が学校新聞として復活したあとも、昭和五十年代半ばまで続いていました。戦前から続く上宮学園の伝統の一つでした。

司馬さんの「卒業片言」は、昭和十六年三月発行の校友会雑誌『上宮』の第36号卒業記念号[14]に掲載されています。「希望は天上にあり、実行は脚下にあり、後生須らく実行の人たれ」というものでした。希望とは何かについて、具体的なことは一切書かれていません。ただ、「希望ははるか天上にある。それをなし遂げるためには地道な努力しかない。ひたすら実行の人となるのだ」と言っているだけです。

この短い「卒業片言」の中に「実行」という言葉が二度も使われていることに留意する必要があります。この「希望」を達成することは、非常に困難なことであって、それを可能にするのは、ひたすらな努力、実行あるのみということです。このことから考えると、この「希望」とは小学校四年から考えていたという作家になること以外は考えられません。

ですから、司馬さんの「卒業片言」の隠された意味は「お前の希望の星（作家になりたいという希望）ははるか天上に輝いている。そのための努力を忘れるな、ひたすら実行の人になるのだ」ということになるかと思われます。

私は最初、この「希望」を全蔵書読破のことだと思っていました。しかし途中から、この天上にある希望は作家になりたいということであり、全蔵書読破はそのための「一生の時間割」の中の一つの課題でしかないと考えるようになりました。

この片言の出典を探しましたが、見つかりませんでした。司馬さんがこの「卒業片言」のために作った言葉の可能性が高いと思われます。

司馬さんが御蔵跡図書館の全蔵書読破を達成したのは大学を仮卒業した頃だったと話していますから、中学卒業時には全蔵書読破はまだ完了していませんでした。しかし、この片言からは絶望的な雰囲気や焦りは少しも感じられませんから、この頃には全蔵書読破のめどは立っていたのかもしれません。

この全蔵書読破は司馬さんが作家になるためにクリアしてきた数々の課題の中でも最も過酷なものでした。「絶対に作家になるぞ」と誓った司馬さんでしたが、この最強の課題を達成するのは容易なことではありませんでした。しかし、司馬さんはそれを見事やり遂げたのです。

全蔵書読破をやり遂げてからの司馬さんに、運動神経から来るもの以外で、コンプレックスを感じさせるものはないように思えます。数学ができないことも、教練がうまくできないことも気にならないくらい、何ごとにも自信を持つことができるようになったと思われます。

みどり夫人はあるインタビューで「ただ、この人の不思議なところで、どこかに余裕があるんです。不思議な広がりを持った人で[46]」と話していますが、みどり夫人が感じた不思議な余裕の大もとは、非常に困難だった全蔵書読破をやり遂げたことから来る余裕かもしれないと私は勝手に思っています。

全蔵書読破は、大阪外語に進学したあとも続きました。大学時代の友人の日根野谷さんは「福田は毎日、図書館に通っていました。『おい、福田、どこ行くんや』『図書館行って本、読むねん』。こんな感じだったですかね。福田はとにかく、本を読むのが好きでした」[27]と話しています。大学でも友人たちは司馬さんの本好きは知っていても、全蔵書読破をしていたことは誰も知らなかったようです。

全蔵書読破をやり遂げたことは、司馬さんを人間として大きく成長させたように思えます。司馬さんの「自分の十代の間に何ごとかがプラスになってくれた。それは、いくら考えても図書館しかないですね」という言葉はそんな想いを表現したものだと考えられます。

全蔵書読破と法然上人

今から私が書くことに、多くの方は驚かれるだろうと思います。いつものようにか細い状況証拠だけが頼りの推論なのですが、まったくの空想とも夢物語ともいえないのではないかと私自身は思っています。

司馬さんは小学四年生の頃から作家になりたいという願望を持っていました。しかし心の底では、自分には無理かもしれないと思っていたかもしれません。この悲しくも厳しい現状認識が司馬さんにとんでもない企てを思い起こさせたのかもしれません。

司馬さんは先生との対立以来、御蔵跡図書館に絶対的な信頼感を持っていましたが、もし、御蔵跡図書館の蔵書を読み尽くすことができれば、小説家に必要な幅広い知識と教養を手に入れることができ、不可能と思える小説家になれるかもしれないと子ども心に考えたのかもしれません。

そんなことを司馬さんが思いついたのは、上宮中学校の学校祖、法然上人がすべての人々を救うことのできる経典を探すために、当時京都の黒谷にあった青龍寺の経蔵に籠って、一切経を五度も読破し、ついに善導大師の「観無量寿経疏[28]」を発見したという話を授業で習ったことが理由だったのかもしれません。

法然上人の弟子だった親鸞にも華厳経を五回読破したという話が残っていますが、華厳経は巻数も八十巻と少ないですし、浄土宗の中学校に通っていた司馬さんが知っていた可能性が高いのは、やはり法然上人の逸話だったと考えられます。

一切経は漢訳大蔵経ともいい、千七十六部、五千四十八巻を誇る膨大な経典を集めたものです。法然上人は青龍寺の経蔵でこの五千余巻を五度までも読みなおし、ついに幻の一巻を探し出しました。智慧第一の法然房と呼ばれた法然上人がこの「観無量寿経疏」を見つけるまでに二十五年かかったといわれています。

司馬さんがこのことについて書いたものはありませんが、上宮中学校生だった司馬さんがこの逸話を知っていたことは間違いありません。なぜなら、この逸話は現在の上宮中学校・高等学校の宗教の授業でも、必ず話される校祖、法然上人を物語る上での重要な逸話なのですから。

法然上人の経蔵の五千余巻の経典の五回の読破と御蔵跡図書館の一万冊の読破。世の人々を救うことのできる経典を絶対に見つけるぞという法然上人と、作家に絶対になるぞという司馬さんの志と覚悟は共通していたと考えられます。

そんな志と覚悟をもって、司馬さんが挑戦したのが御蔵跡図書館の全蔵書読破でした。読破によって得られる幅広い知識と教養はその余得のようなもので、本心は不可能を可能にすることに重点があったのかもしれません。

この全蔵書読破という絶対不可能に近いことに挑戦しようと考えた時、想像でしかありませんが、先達として法然上人がいたことが大きかったように思えます。まったくの無から、全蔵書読破を考えたというよりも、全蔵書読破の先達として法然上人がいたからこそ、自分も挑戦したいと考えたのかもしれません。その方が自然なように思えます。

さらに空想をたくましくすると、法然上人の一切経読破の逸話は芦名先生から聞いたのかもしれません。随筆『芦名先生』や『悪童たちと凡夫』の中には法然上人の一切経読破のことは出てきませんが、芦名先生の授業の余談で、法然上人の一切経読破の話があってもおかしくはないと思われるからです。

法然上人の一切経読破による「観無量寿経疏」の発見は、法然上人が浄土宗を開宗する重要な契機であり、全蔵書読破は司馬さんが作家への道を歩み始める大きな契機になりました。

司馬さんが法然上人から受けた影響と思われるものが実はもう一つあります。司馬さん晩年の著作『二十一世紀に生きる君たちへ』に法然上人の「一枚起請文」の影響をうかがわせるものがあるのです。このことについては、後半の章で書こうと思います。司馬さんが「心の中に法然上人を持っている」[29]と話したことの背景にはこういったことなどが積み重なり、つながっているように思えます。

全蔵書読破の及ぼしたもの

司馬さんがなし遂げた全蔵書読破がどれだけ大変なことだったのかは、司馬さんがわざと軽く書いているため、読者に正確に伝わっていないように感じます。

別の話についての言葉なのですが、みどり夫人は、「司馬さん、悔しい顔を見せるのが嫌なのね。いちばんプライドが許さないことだから、何もいわなかった」と話しています。おそらく全蔵書読破の時も、同じように、司馬さんは辛かったというのはプライドが許さないので、「余裕で読みました」というふうに軽く書いているのだと思われます。

ですから「ただ、自分の十代の間に何ごとかがプラスになってくれた。それは、いくら考えても図書館しかないですね」という言葉だけは、正直な気持ちだったと考えられます。

また司馬さんは、速読術をどのように習得したのかと問う半藤一利さんに「訓練です」[30]の一言で答えています。この「訓練です」は速読術だけではなく、司馬さんが行ってきた他の偉業ともいうべきすべてに通じるようにも思えます。全蔵書読破も然り、やさしさの訓練も然りでした。

御蔵跡図書館の全蔵書読破は、大阪外語の仮卒業の頃にようやく完了しました。「一生の時間割」の最強で最凶だった課題を達成したのです。

司馬さんは絶対不可能と思われた全蔵書読破をやり遂げたことで、中学校時代のコンプレックスを払拭することができ、快活な本来の自分を取り戻すことができたように思えます。自信と余裕、明るさとやさしさ、幅広い教養と知識は司馬さんのイメージそのものになっていきました。

全蔵書読破は、たゆまず努力を続ければ、どんなことでも可能だという信念と自信を与え、司馬さんの人生観に決定的な影響を与えたと思われます。

五　中学余滴

司馬さんの卒業後に起こったこと

上宮中学時代の司馬さんの数年後輩の方からお手紙をいただいたことがありました。その方も国・漢の授業を芦名先生から受けた経験があるだけでなく、司馬さんが卒業したあとの学校で起こったある事件のことを記憶されていました。

それは司馬さんが知ることがなかった芦名先生の真のやさしさと強さを証明したような事件でした。許可を得て、お手紙[31]を引用してみたいと思います。

「ほんとうに立派な先生方がおられたと思います。芦名先生もその中の御一人であったと存じます。痩身で背筋をのばし細い目をショボショボとされて、ゆっくりとした足取りの国語と漢文の先生でした。あわてず、さわがず我動ぜずの雰囲気がありました」とあり、また別のお手紙には「或る時、何組であったか教官が厳しい叱責の上、全員ゲートルを巻いたまま編上靴共運動場に静座させれ（ママ）ました。私も何度か経験させれ（ママ）ましたが足がしびれ立つ事が出来なくなります。

その日は終わりの時間でしたので、学校内は誰もいなくなりました。芦名先生御自身が帰ろうと思ったら生徒が座らされている。先生は静かな動きの中で級長を呼び、「帰りなさい」と言われ、生徒は教官をないがしろに出来ず、びくびく帰ったそうです。先生は恬然として何もなかった様にお帰りになったとか。生徒は教官からどのような叱責或いは罰があるか分かりませんので、びくびくしていました。然し明くる日も何もありませんでした。

芦名先生にはどの軍事教官殿も何もよう云わなかったのだと思っております。平素は言葉数の少ない先生でした。その不思議なオーラに対する軍人の野蛮の通じにくい風景を想像して、一人今も苦笑します。人間の持つ格の違いと思いひそかなる敬意を持ったものでした」とありました。

この配属将校とは、大正十四年の「陸軍現役将校配属令[32]」の公布により、中等学校以上の学校に軍事教練のために配属された現役の陸軍将校を指します。配属将校は学校長の指揮監督を受けるものとされていましたが、実際には校長でも陸軍を背景に持つ配属将校の横暴をなかなか掣肘できませんでした。

手紙をくださった後輩の方のお名前は悠紀とおっしゃいますが、本来、大嘗祭の悠紀国に由来する由緒ある名前なのですが、何も知らない配属将校に悠紀という名前が女のようだというだけで殴られ、気絶させられたという経験をお持ちです。

そんなことがまかり通る校内で、ただの教員が配属将校に逆らえばどうなるか。まして、芦名先生は司馬さんが「肺病でもやったかのような」と評したような先生でしたから、殴られれば大けがをしたかもしれません。生徒たちが危惧したことは杞憂ではなかったのです。

ことのなりゆきを固唾をのんで見ていた生徒たちは、配属将校が何もしなかったことに驚きもし、歓喜もしたのです。この事件は先生が本物の「念仏の行者」だったことを証明したものになりました。

膝打ち

司馬さんは『長安から北京へ』[33]の中で、「上海に少年宮というのがある。いくつもある。青少年組織である。～中略～射撃の上手ということで選ばれたらしい少年が出てきて、よく訓練された膝打ちの姿勢をとった。

左ひざを立て、左ひざのひざ小僧の上に据銃した左ひじの関節を置くと、左ひざも左ひじも地面から垂直になっており、射撃の反動による体の揺れが最小限で済むという姿勢であった。～中略～たれの青春も過去の日本に属しているために、兵隊にとられたり、学校で兵隊まがいのことをする教練というものをうけた。そのせいか、たれがやっても一発で命中した。～中略～私もやってみた。私のように無器用な人間でも、一発で命中し、敵兵がぞろぞろとトーチカから出てきた」と書いています。

司馬さんの学年より少し古くなりますが、上宮中学校の卒業アルバム[34]に教練の写真がありましたので紹介します。左の写真は卒業アルバムにあった膝打ちの様子です。後ろで配属将校が椅子に座って監督をしています。司馬さんもこのような射撃訓練を

膝打ち　大阪城の野外教練

受けていたのでしょう。

この二枚の写真は大阪城の石垣や二階櫓が見えるところから、大阪城の外堀の南側にあった城南射撃場での教練の写真だと考えられます。

写真の二階櫓は現在も現存している六番櫓でしょうか。城南射撃場は陸軍が昭和五年に大阪城の外堀の南側に建造したもので、小火器専用の射撃場でした。

現在、その跡地は大阪城公園の駐車場になっていますが、その片隅に「城南射撃場跡石碑」が立っています。

十一年式軽機関銃

半藤一利氏の『清張さんと司馬さん』の中で、司馬さんが、母校の上宮中学校に銃器庫があり三八銃の他、機関銃まであったと話しているのを読んで、驚いたことがあります。

司馬さんは「私の出た旧制中学の銃器庫には、村田銃も三八銃もあり、わずかながら、どういうわけか帝政ロシアの制式銃もありました。〜中略〜私は昭和十一年に旧制中学校に入ってこの軽機を見ました。陸軍では〝突っ込み〟という故障が頻発する兵器で、評判が悪かったそうですね」と語っています。

日本陸軍の銃器を解説した本[35]によると、「十一年式軽機関銃は開発過程での実験で、二万発発射中、空挿弾子脱落不良二七回、送弾不良二六回、薬莢膠着一七回、空薬莢蹴出不良二〇回」とあって、司馬さんの言う軽機関銃の〝突っ込み〟が「開発中から非常に多かった」ことがわかります。

司馬さんの後輩の近藤さんはお手紙の中で「まず十一年式軽機関銃は高安中学に聞かれるまでもなく上宮中学に所有は確認しております」と便箋八枚で学校の銃器庫にあった兵器を詳しく教えてくださいました。以下、中学校の武器庫にあったものを書簡からまとめてみました。[31]

①　地下の武器庫には三八式歩兵銃、村田銃、騎兵銃（十挺以内）軽機関銃、指揮刀（二三振）、ラッパ、手榴弾（鋳物）木銃（柔剣道用）など多くの訓練用の武器が保有されていた。三年の後期か、四年の前期に機関銃の操作を一般軍事教練の中で習った。三年生の時、校庭で上級生（四年生）が機関銃を操作しているのを見た。何時も四、五人が軽機を持ち、あとの生徒は三八歩兵銃だった。

②　軽機関銃は五、六挺あった。学校で銃弾の保有はなかった。

③　信太山で射撃があったのは上級生で、自分たちの実弾射撃は上野芝だった。同所で銃と実弾を渡された記憶がある。実弾射撃は中学四年になってからだった。学校内の教練は弾薬なし。当時の生徒数が一学級五十人くらいだったので三八銃と村田銃を合わせて百二十挺くらいあったはず。

④　旧制の公立中学では古い村田銃はなかったと公立の中学に行っていた友人から聞いたことがある。公立中学と私立中学とでは保有する銃器に差別があった。

このお手紙では、司馬さんの言う帝政ロシア時代の制式銃の話は出てきませんが、司馬さんの話の通り、村田銃や三八銃そして十一年式軽機関銃が実際に銃器庫にあったことがわかります。

城南射撃場での教練は司馬さんの時代より少し前になりますので、司馬さんや近藤さんの時代は信太山や上野芝に替わっていたのかもしれません。しかし近藤さんの証言から、学校の地下に銃器庫があり、弾丸はなくても軽機関銃が五、六挺、小銃が百二十挺を超える数が保管されていたことなどが判明したことは、戦前の旧制中学校における軍事教練の実態がわかる貴重な証言になりました。

九州一周修学旅行

司馬さんは、中学五年の春にあった九州一周の修学旅行に参加していません。その理由について、同級生の友人は「旧制中学ですから五年で卒業。九州に修学旅行が決まっていたんですすが、福田君は『やめよう』と言うんです。そんなの行くのやめて、図書館に行こう』って。初めて大阪府立の中之島図書館に連れていってもらいました」[36]と話しています。もしかすると、司馬さんは十日間も修学旅行に行くと全蔵書読破に支障が出るので修学旅行に行かなかったのかもしれません。

当時、日本国内では対米戦争近しの噂が飛び交っていました。そのため、この年の上宮中学校の修学旅行も中止になるかもしれないという噂があったのを、学校が何とか実施に漕ぎつけたものでした。

平和な時代の旧制中学校では満洲や朝鮮半島を巡る大規模な修学旅行が行われることがよくあったと記録にありますが、上宮中学校は海外には行かずに下関をふくむ十日間の九州一周の修学旅行を毎年実施していました。参加者は希望者だけで、五年生の五クラスが二班に分かれて行く修学旅行でした。

この年の修学旅行は、一班が約八十名、二班が約七十四名。計百五十四名がこの修学旅行に参加しました。一年生の時は五学級で二百五十人くらいの生徒数でしたから、この年の修学旅行ではかなりの生徒が参加を辞退したことがうかがわれ、司馬さんたちが修学旅行を辞退したとしても、目立ちませんでした。

司馬さんが参加しなかった修学旅行ですが、どんな修学旅行だったのか具体的によくわかる記録がありましたので紹介します。校友会雑誌『上宮』の第36号、卒業記念号に掲載されていた『昭和十五年上宮中学校修学旅行記』[37]です。

この修学旅行記は、一学級二名、五学級の代表として選ばれた十名の生徒が、二日間ずつ、自分たちが行った観光地や見聞したこと、宿泊した旅館の感想などを分担して書いたものでした。

この旅行記によると、一班（八十人の生徒と教員三名）全員を乗せた夜行列車が大阪駅を出発したのは、昭和十五年六月十日午後五時四十八分でした。

翌早朝、下関に着いた一行は市内観光のあと、関門連絡船で巌流島をながめながら門司へ（関門トンネルは工事中でした）、そこから小倉、博多、太宰府、雲仙、阿蘇、熊本、鹿児島、宮崎、別府、中津を巡ったのち、初日に着いた下関に帰着。最後は下関から夜行で帰阪という車中泊三泊を含む十日間の大旅行でした。蒸気機関車以外に軽便鉄道、石炭自動車を使っての移動もありました。

現代の修学旅行では考えられないくらい毎日が早朝出発、夜遅くに到着といったハードなものだったようです。生徒たちも大変だったと思いますが、付き添いの先生方もさぞ大変だったことでしょう。

それでも、この修学旅行記を読んでいてわかるのは、生徒たちが修学旅行を心から楽しんでいたことと、これから起こるであろう対米戦争について威勢のよい話を誰一人として書いていないことです。

中学五年生ともなれば、近い将来対米戦争が起こること、ましてや、世界の最強国アメリカとの戦争が予想されているのですから、自分たちが戦死する可能性が高いことを知らないはずはありません。昭和十五年といえば、日中戦争が始まってすでに四年。大阪市内でも、戦死者の葬儀や出征兵士の見送りの列を見ることが多かったはずの中学生が、まったくそのようなことにふれていないのは本当に痛ましい思いがします。

青春の楽しい思い出だけを作りたいという想いが、修学旅行の参加者全員の心にあったとしか思えません。この修学旅行に参加した生徒の中で、どれだけの方が無事に戦地から帰ることができたのかわかりません。司馬さんは、自分たちの世代が戦争で一番多く死んだ世代だと語っています。

もし司馬さんがこの修学旅行に参加していたら、どんな修学旅行記を書いていたでしょうか。太平洋戦争直前の修学旅行で何を思い、何を感じたのか知りたかったのですが、それはかないませんでした。

太田先生

文芸評論家の磯貝勝太郎氏は『司馬遼太郎の風音』[4]において防府市での講演会のことを取り上げていますが、作文の授業の先生の名前を太田先生と書いています。

磯貝氏がどの資料から作文の先生を太田先生とされたのかは不明ですが、私はこの太田先生は間違いだと考えています。当時、確かに上宮中学校に太田先生が一人おられましたが、その太田先生は司馬さんが話した先生とは別人のようです。太田先生も僧侶を兼任していた先生でしたが、住所は高槻ではなく大阪市内でしたし、何より国漢科ではなく庶務課の先生でした。

司馬さんが書いた作文の先生は「若いころに結核でもやったような感じのする人で、青白く、頼りがいがなさそうでした[11]」とありますが、卒業アルバムの中の太田先生もやさしそうな先生ですが、四角い顔で頭は禿げ、体型は小太りでしたから、太田先生は司馬さんが書いた作文の先生とは似ても似つかない先生でした。

また、当時の芦名先生のあだ名が「ユウレイ」や「コイモ」だったことも「若いころに結核でもやったような感じのする人」を髣髴とさせますが、太田先生はどう見ても「ユウレイ」や「コイモ」ではない体型とお顔立ちでした。

作文の授業は国語の授業の一環として、作文の優秀作を校友会雑誌に掲載するために行われたものですから、その授業を庶務課の先生が担当するのはふさわしくないこともつけ加えたいと思います。

以上の点から作文の先生は磯貝氏の言う太田先生ではなく、司馬さんが好きだった国漢科の芦名先生だと考えるのが妥当だと考えられます。

大阪外国語学校合格までの三年間

司馬さんの中学四年の大阪高校受験から大阪外語合格までの経緯を丁寧に見ていく

と、数々の疑問が湧いてきます。司馬さんは大阪高校受験や弘前高校受験に関して、思い出をあちこちに書いているのですが、それらを何度読んでも疑問が消えませんし、納得もできなかったのです。

そんなことを考えている内に、こんなことが浮かんできました。もしかすると、司馬さんは、大阪高校受験の前の段階で、あまりにも自分の成績が足らないので、大阪外語に絶対に合格するために、三年間をかけた受験計画を立てたのではないかという仮説です。

大阪外語を受験すれば、受験勉強で苦手な数学を勉強する必要はありませんし、大学でも勉強する必要はありません（大学に入学してからわかったことですが、この点は司馬さんの見込み違いがありました）。

私自身もこの仮説を思いついた時は、あまりにも突拍子もないので、どうしたものかと思ったのですが、和田宏さんがこんなことを書いていたことを思い出したので、思いついたまま書いていこうと思います。

和田宏さんはある時、司馬さんに「論理を積み上げ積み上げしていって、もうこれまでというときには、あとはどうするんです」としつこく聞いたところ、司馬さんは「最後はやっぱり直感に頼るしかない」[38]と答えたといいます。

私もこの言葉に従い、自分の直感を信じたいと思います。この章では私の仮説についてだけ書き、両校の受験の詳細はあとで書きたいと思います。

仮説はこうです。司馬さんが進学したい本命の学校はあくまで大阪外語であり、大阪高校や弘前高校の受験は、大阪外語に合格できる学力がつくまでの時間稼ぎだったのではないかということです。

司馬さんは大阪高校や弘前高校合格のために必死に勉強したと書いていますが、受験勉強は本気だったとしても、逆に合格してしまえば、司馬さん自身が大変困ったことになってしまうので、最初から旧制高校に合格するつもりはなかったと考えられるのです。

司馬さんの親の立場から受験勉強を見ていると、司馬さんは真剣に勉強していますし、受験勉強の内容も同じですから、司馬さんがどこを本命にして勉強しているかは絶対にわかりません。

司馬さんの人生を振り返ると、ある困難な目的を達成するために、長期の計画を立て、時間をかけて達成したことが何度もありました。七年かけた全蔵書読破もそうでしたし、速読術もそうでした。また、戦後では、小説家になるために十年の社会勉強の期間を設定し、予定の十年を過ぎた頃に見事小説家になりました。

このように考えると、司馬さんにとって、大阪外語という最も行きたい大学に合格するためだったら、誰にも見破られないような厳密な計画を立て、三年をかけて受験することなどはたやすいことだったのではないかと考えられるのです。

司馬さんが大阪高校受験の頃に置かれていた状況を考えてみたいと思います。第一に考えられるのは深刻な学力不足です。司馬さんは中学に入学して以来、図書館で本ばかり読んで勉強らしい勉強をまったくしていませんでしたから、当然といえば当然のことでした。大学に合格するためには、学力不足をおぎなうための時間が何より必要だったのです。

これも想像になりますが、三年か四年のどこかの段階で受験模試のようなもので大阪外語を受けたことがあったのかもしれません。その結果は司馬さんにとって、絶望的なものだったように思えます（想像に想像を積んでいるようですが）。

司馬さんはそんなどん底のような成績から、大阪外語に合格するための学力を底上げするためには、何年かかるかを徹底的に考えたのではないかと思われます。その結果が「三年計画で大阪外語をめざす」だったのではないかということです。その三年間の時間稼ぎを可能にし、親に自分の意図を悟られないために、二つの高校の受験と一年間の浪人期間が必要だと考えたのかもしれません。

司馬さんが大阪外語にこだわった理由は、三つ考えられます。第一の理由に中学一年からやってきた全蔵書読破を御蔵跡図書館でどうしても完遂したかったということがあります。司馬さんは中学四年の段階で、卒業するまでに全蔵書読破の達成が不可能なことはわかっていました。自分が一日で読める冊数と残りの蔵書数を計算すればわかることです。

御蔵跡図書館で全蔵書読破を完成させるためには、どうしても御蔵跡図書館に通える距離にある大学に通う必要がありました。全蔵書読破を御蔵跡図書館以外の公立図書館や大学図書館でやり遂げても意味がないと考えていたのだと思われます。

第二の理由は好きな蒙古語をふくめた蒙古や西域の勉強ができる大学に行きたかったことが挙げられます。司馬さんが蒙古をふくめた騎馬民族や西域が本気で好きだったことは、最初の小説が『ペルシャの幻術師』『戈壁の匈奴』であり、最後に書いた小説が『韃靼疾風録』だったことからもわかります。大阪外語ではそれが可能でした。

最後の理由は、司馬さんは大学卒業後、新聞記者になりたかったことが挙げられます。外交官になりたかったということを話しているものがありますが、私は外交官説には少々疑問を持っています。このことについて、「大阪外国語学校」の項で少し書いていますが、特に新聞記者は中学時代から考えていたことでした。小説家になるためには前段階として新聞記者の経験が絶対に必要と考えていたのだと思います。

大阪には多くの大学がありましたが、その多くは理系の大学で難度も高く、御蔵跡図書館からも離れていました。司馬さんの希望を叶えてくれる大学は、大阪には大阪外語しかありませんでした。

もし、司馬さんがどちらかの高校に合格したと考えればどうでしょうか。どちらかの高校に合格し、進学することになれば、中学でも辛かった数学より一層難しい数学を三年間も勉強しなければなりません。地獄のような毎日が予想できますし、数学が原因で落第する可能性も高くなります。

プライドの高い司馬さんがそれをわかっているのに、本気で進学しようと考えるとは思えません。司馬さんは、自分の夢を実現するためにも、これ以上数学で苦しまないためにも、浪人をしてでも、高校を経由しないで直接、大阪外語に合格する手段を選択したのでしょう。そのためには、二回の高校受験も一年間の浪人生活も厭わなかったと考えられます。

大阪外語は司馬さんが仕方なく進学した大学ではありません。どうしても行きたくて仕方がなかった大学でした。この大いなる期待は入学してすぐに簿記の授業があって裏切られることになりましたが、それまでは、自分の希望をすべて叶えてくれる大学だと考えていたのでしょう。

私は、司馬さんが自分が小説家になるまでの「一生の時間割」を五段階で計画していたと考えています。第一段階が大阪外語の蒙古語部に進学すること。第二段階が全蔵書読破をやり遂げること。第三段階は大学で蒙古語を勉強した後、新聞記者になること。第四段階は新聞記者を続けながら十年間の社会勉強をすること。最終の第五段階が小説家になることです。

この計画を進めるためには、まず、第一段階として、絶対に大阪外語に合格する必要がありました。司馬さんの三年をかけた遠大な受験計画の第一章となる大阪高校の受験と「厳密な計算」について考えたいと思います。

旧制大阪高校受験

中学四年になって、最初の高校受験の季節を迎えた時、司馬さんが受験に選んだのは旧制大阪高校でした。旧制大阪高校は阿倍野区にありましたから、何としても全蔵書読破をやり遂げたい司馬さんにとって、受験科目に数学があるのが難点でしたが、それを除くと、大阪高校は願ってもない高校でした。

しかし、中学校の四年までまったく勉強しなかった司馬さんが、急に大阪高校受験のための勉強を始めても付け焼き刃にすぎず、学力不足を思い知らされただけでした。

なぜなら、旧制大阪高校は大阪を代表する進学校で、毎年、多くの京大、阪大生を輩出している名門校だったからです。もちろん、合格には数学の高得点が必須です。

片や、司馬さんは中学時代から大変数学が苦手だったようですから、数学の授業のことを考えるだけでも、本気で大阪高校に合格しようと考えていたのか疑問に思えます。

前述したように、大阪高校に進学すれば、三年間、地獄のような高校数学が待ち構えています。まして、大阪高校は大阪を代表する進学校ですから、数学ができないと確実に落第してしまいます。

用意周到な司馬さんがそんなことも考えずに大阪高校を受験したとは考えられません。考えらえるのは、（想像ですが）まずは落ちるのを承知で大阪高校を受験したのではないかということです。父親に受験の失敗を納得してもらうためです。これが「厳密な計算」だった可能性があります。「厳密な計算」という言葉は、弘前高校受験の話の時が初出ですが、一年前の大阪高校の受験においても「厳密な計算」が使われていたと私は思っています。

大阪高校の受験結果を見に行った帰り道に、友達にこれからのことを問われた司馬さんが「馬賊になったるねん」[5]と話したという有名な話はこの時のことです。「馬賊になる」ためには、当然ながら、蒙古語が話せなければなりません。この「馬賊になる」という話は、中学四年の三学期の大阪高校受験の前から司馬さんが大阪外語の蒙古語部受験を考えていた証拠に薄弱ながらなると思います。「馬賊になる」は受験に失敗した悔し紛れではなく、大阪外語に行くという意味だったと考えられないでしょうか。

深読みを重ねますが、父親は息子が薬局を継いでくれるのを望んでいたということですから、それを無下に否定できず、父親を喜ばすため、あるいは諦めてもらうために、やむなく大阪高校を受験したのかもしれません。

この遠大な計画の第一章である大阪高校受験の失敗は計画通りに終わりました。次は弘前高校受験が待っています。司馬さんが弘前高校の受験をどのように考えていたのか、弘前高校の受験をどのように「厳密な計算」を駆使しながら、乗り越えていったのかを考えていきたいと思います。

「厳密な計算」と旧制弘前高校受験

司馬さんが弘前高校を受験した時の話[38]の中に「厳密な計算」が一度だけ出てきた時、著者の和田さんは鍵カッコをつけて「厳密な計算」と表記しています。和田さんはこの鍵カッコには特別な意味があると伝えたかったのかもしれません。

「一生の時間割」が達成すべき大きな課題や目標だとすると、「厳密な計算」はそれを乗り越えるためのより具体的で小さな目標だったように思えます。その時々の大きな「一生の時間割」を達成するためには、「厳密な計算」は必要不可欠のものでした。次に弘前高校の受験において、「厳密な計算」がどのように働いたのか見てみたいと思います。

司馬さんは弘前高校受験について、「高等学校にゆくためには勉強をせねばならぬと思いだし、教科書を読みなおしてみると、ほとんどが記憶にもない条々に満ちている。やむなく夜は三時間以上眠らぬ覚悟をし、英語を憶え、数学を理解しようとした。ついにそれでも追っつかなくなり、五年生の三学期はまるまる休んでその狂おしい作業に没頭した。しかし落ちた[20]」と書いています。

私は長い間、司馬さんが上宮中学卒業の春に青森の弘前高校を受験したことが不思議でなりませんでした。はるか遠い青森県の有名進学校だった弘前高校を受験する理由が納得できなかったからです。大阪高校の受験の失敗から一年間で司馬さんの学力が弘前高校の合格が可能なくらい底上げできたのかという疑問もあります。

また、弘前高校に合格してしまえば、その後の三年間、苦手な数学をどうするつもりだったのかということもありますし、中学生活を捧げたに等しい全蔵書読破を諦めるつもりだったのでしょうか。いろいろな側面から考えても、司馬さんが本気で弘前高校に合格するつもりがあったとは思えないのです。

最近、司馬さんが昭和十七年度の欧文社（現旺文社）の通信添削を受けていたという記録を見ました。この通信添削[39]の画像には大阪外語の蒙古語部の合格者欄の一番最初に、福田定一の名前が記されていました。この記録は大阪外語に合格した昭和十七年の春の合格発表の記事なのですが、司馬さんはその前から通信添削会社から受験情報を得ていた可能性は高いと思われます。

また、戦前の日本には全国で約百校の予備校があったといいますから、大阪にも多くの予備校があったと考えられます。たとえ予備校に通っていなくとも、欧文社から弘前高校の入試情報くらいは入手できたはずです。

ですから、司馬さんが弘前高校の受験情報にまったくの無知だったとはとても考えられません。

司馬さんは最初から弘前高校の合格に、自分の学力が追いついていないことを知っていながら受験したのか。もっと合格しやすい高校が他にあるにもかかわらず、なぜ二十時間もかけて雪の弘前まで受験しに行ったのかという新たな疑問が浮かんできます。

父親の是定氏はおそらく、二度目の高校受験は絶対に合格してくれることを望んでいたと思われます。合格しやすい高校の受験を望んでいたのではないでしょうか。しかし、数学の苦手な司馬さんは、父親が勧める高校にたとえ合格できても、御蔵跡図書館に通えず、数学がある高校には行きたくなかったと考えられます。

「なぜそんな遠くまで行ったか」という和田宏さんの疑問に対して、司馬さんは「よく親が金を出してくれたものだ」と他人事のように話して、そのあとに「『厳密な計算』[39]によるものだった」と答えたといいます。厳密な計算の初出です。

私には、父親が息子の弘前高校受験を反対したのは、当時の父親としては無理からぬことだったと思っています。現代の大阪の中学生の父親でも息子が急に弘前に受験に行きたいと言い出したら、その理由をとことん聞きたいだろうと思うからです。

そこで、司馬さんは、父親に弘前高校が超進学校だということを知らせず、受験を説得したのかもしれません。司馬さんが父親用に考えたかもしれない「厳密な計算」とおぼしきものがありました。和田宏さんが司馬さんから聞いた話こそ、父親を説得するための「厳密な計算」だったように思えます。

数学を「零点として、あと英語や国語でカバー」できるから大丈夫、津軽は「夷蛮の地」だから大丈夫、「僻遠の津軽弘前こそ人煙もすくなかろう」から大丈夫[38]というふうに説得したのではないかと考えています。

こんな無理筋の「厳密な計算」が功を奏したのは、大阪在住で、弘前高校が東北を代表する名門校で難関校だということをまったく知らない父親だからこそ、通じたのだと思います。司馬さんがこんな無理筋な説得をしたのは、絶対に大阪外語に進学するためには、弘前高校に落ちて浪人する必要があったからでした。

また、弘前高校受験には最後の大きな疑問があります。なぜ、司馬さんがそこまでして選んだのが弘前高校だったのかという疑問です。

太宰治と司馬さん

結論からいうと、司馬さんが合格するつもりもないのに、なぜ弘前高校を受験したのかについては、例によって状況証拠しかないのですが、合格が目的ではなく、司馬さんの太宰治好きが昂じた結果だったのではないかと私は疑っています。

当時、記念受験という言葉があったかわかりませんが、要は受験結果はどうでもよく、大阪に住む自分が遠い津軽の弘前の地を踏む機会は二度とないだろうから、一度でいいから、好きな太宰治の母校を受験したい、雪の弘前の地を踏んでみたいということだったのではないかということです。

それでは、当時中学生だった司馬さんにとって、太宰治とはどんな存在だったのでしょうか。司馬さんはある講演会で、新聞記者の駆け出しだった頃、「太宰治という字が読めなくて、『ダザイ・ジ』と読んでいたぐらいで、それほど無知でした。太宰治の小説を読むようになったのは、五十歳なかばからです。以来、全集を五、六回読んでいます」[40]と話しています。

しかし一方では、平成五年の文化勲章受章発表の夜のインタビューでは、中学時代の読書について「結局、僕は小説をたくさん読む少年だったんです。日本の小説も、むろん翻訳小説も含めてですけれども、日本の文学の読み手としては、僕は今でも人に自慢できるほどの読み手だと思う。今現在も含めてね。とくに私小説が好きだった」と語っています。「とくに私小説が好きだった」[5]。この矛盾はどこから来るのでしょうか。

中学時代、図書館で最後には読むべき本がなくなってしまい、魚釣りの本まで読んだ司馬さん、私小説好きの司馬さんが、本当に太宰治を一冊も読んだことがなかったのかという大きな疑問が浮かんできます。あるいは、大阪市立御蔵跡図書館には当時人気作家だった太宰治の小説が一冊もなかったとでもいうのでしょうか。

司馬さんが中学に在籍していた五年間に太宰が出版した小説はざっと十九作あり、その中の『富嶽百景』（S14）『女生徒』（S14）『走れメロス』（S15）は、太宰の代表作として有名な作品ですし、評判にもなりました。

そんな人気作家の作品が市立の御蔵跡図書館になかったとは信じられませんし、司馬さん自身が御蔵跡図書館には「新刊本が多かったですね」とも話しているのですから、図書館の書架には当然、新刊の太宰治の本が並んでいて、「特に私小説が好きだった」わけですから、司馬さんが新刊の太宰の小説を読んでいなかったはずはないと思われます。

司馬さんは、「五十歳なかばから太宰治を読み始め、全集を五、六回読んだ」ということを講演で話していますが、本当は中学時代に読んでいた太宰治を改めて五十代半ばから読みなおしたというのが正しいのではないかと思います。

和田宏さんは司馬さんが身辺雑記を書く時、「おどけたり、ふざけたりして、自らをカリカチュア化して[38]」書くことがあったと書いています。太宰治を「ダザイ・ジ」

と読んでいたというのは、そのカリカチュア化ではないかと思えます。

そんな司馬さんですが、「太宰治の精神、文学が持っているたった一つの長所を挙げよといわれれば、聖なるものへのあこがれという一語に尽きるわけです」[40]。また「太宰文学は破滅型で、『人間失格』が太宰の人生だというのは、先入観です。先入観では、太宰治を理解することはできません」と、私小説作家という太宰治のイメージを一掃しています。加えて「あの人は『聖書』が好きでした。〜中略〜『聖書』の文体が好きでした。よく引用した。そこからなにか着想して短編を書いたりしています。破滅的な作品でさえ、破滅していく主人公の心には、実に聖なるものへのあこがれが表れています」と高く評価しています。

特に私の興味を引いたのは、「破滅していく主人公の心には、実に聖なるものへのあこがれが表れています」の部分です。私はこの「聖なるものへのあこがれ」は「卒業片言」の「希望は天上にあり」に通じるものを感じます。天上で輝いているものへの「あこがれ」です。司馬さんは文学への強いあこがれを持っていました。

中学生だった司馬さんは自分の文学に対する想いと共通する太宰治に強い共感を覚

え、傾倒していたのかもしれません。また、文壇で活躍する太宰の姿に将来の自分を重ねていたのかもしれません。天上で輝いているものへの「あこがれ」です。

太宰治は昭和二年に弘前高校に入学し、昭和五年に卒業しました。司馬さんは太宰が卒業してから十四年後に受験したことになります。

司馬さんが太宰をよく読んでいて、熱心な愛読者であったとすれば、出身校や経歴もよく知っていた可能性がありますし、小説家を心ひそかにめざしていた司馬さんであれば、太宰の母校を受験したい、津軽の地に立ちたいと思っても不思議ではないと思います。

弘前高校の受験が太宰への憧れからだったと仮定すると、『街道をゆく』の「北のまほろば[41]」が太宰治を中心に書かれているのも、また司馬さんの太宰への理解が深いのも納得できますし、全集を五、六回も読みなおしたというのも納得です。

司馬さんはこの五回読んだことをさらっと軽く書いていますが、司馬さんほどの超人気作家が、たとえば筑摩書房の『定本太宰治全集』全十三巻を五回も読みなおすのは、かなり強い動機がなければできないことではないでしょうか。つまりは、それほど太宰治が好きだったということです。

このように考えると、太宰が好きなみどり夫人と話が盛り上がったのもよく理解できます。太宰に興味がなかったなら、太宰を卒論にまで書いた太宰好きのみどり夫人に話を合わせようとしても、みどり夫人はすぐにその嘘を見抜いてしまい、司馬さんの恋も一瞬で終わってしまったことでしょう。

ですから、たとえ弘前高校受験が記念受験的なものであったとしても、決して浮ついたものではなく、太宰の文学に共感した司馬さんが太宰の母校を受験してみたい、生地に立ってみたいという想いは本物だったでしょう。

司馬さんの弘前高校受験という大冒険は予定通り（？）失敗に終わりました。同時に太宰治への憧れも儚く消えてしまったように思えます。このあたりの諦めの良さにも、記念受験的な匂いが感じられます。一度こうと決めたら簡単には諦めない司馬さんの執念が、ここではまったく感じられないからです。

不思議なことがもう一つあります。司馬さんは仙台市民会館での講演会では太宰治やダザイ・ジの話は詳しく話していますが、自分が弘前高校を受験したことについてはまったく言及していません。

「北のまほろば」[41]は文庫本で四百三頁もある司馬さんの本気度がうかがえる大作ですから、自分が弘前高校を受験したことにふれるスペースぐらいはいくらでもあったはずですがまったく書いていません。また、多くのページを費やして太宰論を書き、精力的に弘前市内を歩き回って、弘前高校の前も通過したはずなのに、太宰が弘前高校に入学したことは書いていますが、自分のことはまったく書いていません。

不思議なことはまだあります。逆に司馬さんが自分の弘前高校の受験の話について書いたものを読むと、今度は太宰治のことが一言も出てこないのです。結局、司馬さんの「司馬、太宰、弘前高校を一緒にした三題噺」は私の知る限り一度も語られることも、書かれることもありませんでした。大きな謎です。このことも司馬さんの美意識と関連があるのかもしれませんが、和田宏さんによると、「だんだんと語りぶりや間の取り方が完成されていって、古典落語のような趣きになってきた」そうです。つまりは美意識による自己のカリカチュア化です。

六　中学以降

大阪外国語学校

司馬さんはあるインタビューで「モンゴル語を選んだことが、大きかったですか」と問われた時に、「生涯の履歴になりましたね[5]」とか「モンゴル語というのは、それは僕が選択した唯一の進路です」と答えています。この重い言葉は、三年の受験勉強の末に大阪外語の蒙古語部合格に辿りついたことは間違いではなかったという想いが、司馬さんにあったことを物語っているようです。

司馬さんが大阪外語をめざすためには、最後に乗り越えなければならないハードルがありました。弘前高校受験と同じく父親の存在です。父親は薬局を継いでもらいたがっていたと司馬さんが書いていますので、司馬さんは父親が反対したとはどこにも書いていませんが、私には父親の是定さんが大阪外語の、それも蒙古語部受験には大反対したのではないかと思えてなりません。

父親にすれば、同じ外国語学校であっても、英語やフランス語、あるいはドイツ語であればまだしも、なぜ蒙古語なのか、理解できなかったのではないでしょうか。司馬さんはそんな父親を説得する必要があったのです。ここでも「厳密な計算」が必要になりました。

この大阪外語の受験時の「厳密な計算」を考える上で、ヒントになりそうな話があります。それは司馬さんが、大学卒業後は外務省に入り、蒙古などの辺境の領事館に就職するつもりだったと話していることです。

私は司馬さんが辺境の領事館に勤務するつもりだったという話自体が、父親説得のための「厳密な計算」の一部を転用したものだったのではないかと推測しています。弘前高校受験の時の、弘前は「夷蛮の地」だから大丈夫、「僻遠の地の津軽弘前こそ人煙も少なかろうから」大丈夫、の想像と同じニュアンスを感じるのです。

外交官といえばいわばエリートですし、お国のために領事館に勤めたいと言えば、戦時下の当時のことですから父親とて無下に反対もできないでしょう。ましてや、「モンゴル語なら外務省の留学生試験というのはやさしそうだったんだ」となれば、反対する父親の気持ちをやわらげ、さらに説得できた可能性があります。

その他にも、領事館云々が「厳密な計算」だったかもしれないと思える理由に、大学の友人たちの話の中に司馬さんが外交官になりたがっていたという話がまったく出てこないということがあります。外交官説は私が知る限り、司馬さん一人だけですが、新聞記者説は、中学の友人が二人、大学の友人が一人、計三人の証言があります。

友人の日根野谷さんは、「福田は当時から『新聞記者になるんや』と話していました。～中略～福田は『これ、見てみろ』とポケットから新聞記者用語の豆辞典を出していました」と話しています。司馬さんの言う外交官志望は、当時の戦況なども加味して考えると可能性は低いように思えます。

戦後、焼け野原の大阪に帰った司馬さんがめざしたのも新聞記者だったことも、新聞記者説をあと押しします。

三年間の受験勉強?の結果、予定通り大阪外語に合格すると、司馬さんはあたりまえのように、毎日の大学の授業が終わると御蔵跡図書館に通い、全蔵書読破を続けました。日根野谷さんは、そんな図書館に通う司馬さんの姿も記憶しています。[27]

司馬さんが青春のすべてを懸けたと言っても過言ではない全蔵書読破は学徒動員で大学を仮卒業する頃になって達成できたといいます。中学一年からだと七年間、三年からだと五年間かけて達成した全蔵書読破でしたが、大学の友人たちは全蔵書読破について何も知りませんでした。

このように、「厳密な計算」は大阪外語に進学するのに大いに役立ったと想像できるのですが、ただ一つ、「厳密な計算」が及ばなかったことがありました。それは、大阪外語に入学後、簿記の授業があり、簿記には数学が必要だとわかった時のことです。さすがの司馬さんも「外語に簿記があるとはえらい伏兵や」[42]と嘆いたという話が伝わっています。

昭和十八年の学徒出陣は司馬さんがこれまで積み上げてきた作家になるための「一生の時間割」も「厳密な計算」も一切の努力を無に帰してしまいました。司馬さんは「私の学生時代、学生の徴兵猶予の恩典が停止され、いわゆる〝学徒出陣〟でもって、にわかに軍人になった。私にも人生の設計があった。しかしそれらは一挙に雲散霧消した」と『この国のかたち』の五巻のあとがきに書いています。[43]

この「人生の設計」とは将来は小説家になりたいという人生設計であり、具体的には大学卒業後は新聞記者になり、十年後に作家になるという「一生の時間割」を指すと考えられます。そんな中学時代から見続けてきた夢をたった一枚の「赤紙」によって雲散霧消された司馬さんがどんなに無念だったか、悔しかったか、想像するにあまりあります。小学校四年から念願していた作家への夢が、ここで完全に絶たれてしまったのですから。

満洲四平戦車学校

戦車兵時代については、「一生の時間割」は完全に停止していたものと考えられますので、ここでは詳しくは取り上げません。おおよその戦車部隊時代の流れだけを簡単に書きたいと思います。

司馬さんは大学を十一月に仮卒業すると同時に徴兵され、入営したのは、「兵庫県加古川の戦車第十九連隊」でした。[44] 文系の最たる外語大生をよりによって機械の塊の戦車部隊に配属とはと思いますが、蒙古語専攻が回りまわって、満州に駐屯する戦車部隊に配属された可能性があります。

その後、より高度な戦車の運用を学ぶため、司馬さんは翌四十四年に満洲にあった四平の陸軍戦車学校に入学し、伍長に昇進しました。四平の陸軍戦車学校を卒業すると、満州牡丹江に展開していた戦車第一連隊第五中隊第三小隊長として配属されます。しかし、司馬さんの部隊は一度も実戦に参加することなく、翌昭和二十年の春、本土決戦のための虎の子部隊として帰国することになりました。これが司馬さんの生死を分けました。

司馬さんは部隊が日本に帰ってきてから、群馬県の相馬ヶ原を経て、栃木県佐野に移り、本土決戦に備えていましたが、八月十五日、突然終戦となり、司馬さんの戦車部隊は解散となりました。運命のいたずらか、はたまた小説の神様の御加護か、司馬さんは無事に終戦の日を迎えることができました。「一生の時間割」はこの二年間の軍隊生活の間、完全に停止していました。

第二章

司馬遼太郎の花のはじめ

七　文芸雑誌「近代説話」

新聞記者と「一生の時間割」

敗戦後、大阪に復員した司馬さんは、迷いが生じて高野山で僧侶になろうと考えたこともあったそうですが、考え直して大阪に戻り、自分の夢の実現のために「一生の時間割」を復活したと思われます。最初にめざしたのは、「一生の時間割」の第四段階、新聞記者になることでした。

資料が見つからなかったので曖昧な記憶になりますが、司馬さんは大阪のどこかの電柱に貼られた「記者募集」の貼り紙を偶然見つけ、就職試験を受けたら就職できたと書いていたように記憶しています。しかし、本当は「一生の時間割」に基づいて、アルバイトをしながら、焼け野原の大阪の街を歩き回って、必死に新聞記者の職を探していたのではないかと想像できます。

最初に就職した新聞社は一年後にあえなく倒産。すぐに次の新聞社に転職しますが、そこもすぐに倒産の憂き目にあいます。最終的に司馬さんが就職したのは産経新聞社でした。この司馬さんの新聞記者へのこだわりに、「一生の時間割」に対する執念のようなものを感じます。

産経新聞社に就職したことは、「一生の時間割」の課題であった「新聞記者になる」を完全に達成できたことを意味しました。

昭和三十九年のインタビューで司馬さんは「軍隊から帰って新聞記者になったのですが、少なくても十年間は新聞記者をしようと思いました。そしてその間にできるだけ本を読み、人生勉強もしよう。その上で小説を書こうとね[45]」と話しています。この「十年間の社会勉強」も戦前の「一生の時間割」そのままでした。

司馬さんにとって、この新聞記者時代が一番、楽しく充実していたのではないかと思えます。司馬さんは「新聞社のつとめもありますしね。私はこれでもつとめにはまじめだったし、同僚との酒のつきあいもしていましたよ。ですから書くのは、夜の十一時すぎから寝床でやりました。だいたい三枚半くらい書いて、翌朝目を覚ましてから読みなおしました。ときには、まったく原形をとどめぬほどに書きかえました」[45]と新聞記者時代の小説修行を懐かしんでいます。

昭和三十年頃、「一生の時間割」通り、新聞記者生活十年ほどで小説を書き始め、『ペルシャの幻術師』で講談倶楽部賞を受賞しました。この受賞で司馬さんは夢だった作家の門をくぐることに成功しました。「一生の時間割」を信じ、たゆまず努力してきた結果でした。

このように「一生の時間割」という切り口で司馬さんが社会人になったあとの人生を見なおすと、いろいろな時代で、はるか遠くに目標を定め、その目標に向かって一歩ずつ歩み続ける司馬さんの姿が見つけられるような気がします。司馬さんは作家になるという大きな夢のために「一生の時間割」という課題を作り、その目標の達成のために「厳密な計算」をし、歩み続けたのです。大学合格までの「一生の時間割」や「厳密な計算」もそうですし、新聞記者になった時も、なってからもそうだったように思われます。

司馬さんの作家活動にも「一生の時間割」や「厳密な計算」が隠れているように思えます。みどり夫人の「ストレスになるほど、ひとつのことを考え、思い詰め、人前ではそんなふうにはみせない。その繰り返しがあった」[46]という話は「一生の時間割」や「厳密な計算」そのものを指しているように思えます。

龍谷大学図書館

産経新聞の記者時代、司馬さんは京都の大学や宗教分野を担当し、毎日朝早くから夜遅くまで京都大学で理系の研究室を取材して回っていたと話しています。「人文科学系統の研究室にはいっさい近づかず、自然科学の研究室ばかりを訪ねた。そのほうが、記事になる発見や発明が多く、私には実利的だったのである」[47]というのがその理由でした。

しかしその反面、「六年間、京大の記者室に詰め、疲れると西本願寺の記者室へ行って息を入れた」とも話しています。京都は狭いといっても、京都大学のある百万遍から西本願寺、龍谷大学まではかなりの距離があります。

当時、走っていた市電を使っても待ち時間などを入れると、小一時間はかかったでしょう。そのような時間をかけて、わざわざ休憩するために西本願寺に寄る必要があったのでしょうか。疑問です。

京都の大学と宗教が担当だったという司馬さんなので、西本願寺に出向くのは、不思議でも何でもありませんが、京大の理系の研究室の取材が実利的だったから、記者室に詰めていたという司馬さんが、なぜ文系の総本山のような龍谷大学の図書館に直行する必要があったのか。少々矛盾を感じます。

私は司馬さんの龍谷大学の大宮図書館通いは「そしてその間にできるだけ本を読み、人生勉強もしよう。その上で小説を書こうとね[45]」という計画（「一生の時間割」）に関連があるような気がして仕方がありません。

龍谷大学の校友会の神奈川県支部ホームページの特集記事に、司馬さんが大宮図書館に通っていた頃の興味深い話が掲載されていましたので紹介したいと思います。当時、三十歳前後だった福田記者は、「宗教記者クラブに詰めていましたが、ある時紹介を受けて龍谷大学大宮図書館に来ます。それ以後、毎日のように弁当持参で通い詰めて来ました。2～3年は通い詰めてい」たそうです。

司馬さんはご自身が言うように、京大ばかりに詰めていたわけではなかったようです。龍谷大学大宮図書館に弁当持参で通い詰めていたとは驚きましたが、その目的は自分が書くべき小説の材料集めだったと考えられます。司馬さんは、大谷探検隊が持ち帰った西域のめずらしい文物の資料や本願寺の一向一揆の史料を読んでいたのかもしれません。司馬さんがくびっぴきで調べていた資料とは、新聞の取材もあったでしょうが、小説の材料になるものを探していた時の方が多かったのかもしれません。

この推測を裏づけるものとして、昭和三十年、司馬さん三十二歳で初めての著作『名言随筆サラリーマン』を福田定一の名で出版したあとで『三河一向一揆顛末』『本願寺秘史』を相次いで出版していますし、『梟の城』の前の作品である『ペルシャの幻術師』や『戈壁の匈奴』もそうだった可能性があります。これらの本こそ、西本願寺や龍谷大学図書館で資料を調べた成果だったのではないでしょうか。

文芸雑誌「近代説話」

昭和三十一年は、司馬さんの作家人生の画期となった年でした。司馬さんは初めての小説『ペルシャの幻術師』[48]で第八回講談倶楽部賞を受賞したのです。司馬遼太郎の筆名を使い出したのもこの年でした。司馬さんは作家への十年の道の最終コーナーにさしかかっていましたが、この最後のコーナーを回り切るのは容易ではありませんでした。司馬さんは、『ペルシャの幻術師』の受賞のあと、どうしたことか、次の作品が書けなくなったといいます。[45]そのあたりの事情について、『司馬遼太郎が語る日本Ｖ』の「小説を書き始めた頃」に司馬さんは詳しく話されていましたので、少し長くなりますが紹介します。

「実際は十二年ほどかかりましたが、だいたい計画どおりでしたね。昭和三十一年、はじめて書いた六十枚の小説『ペルシャの幻術師』を講談倶楽部の懸賞小説に応募したところ、受賞することができましてね。うれしかったですよ。〜中略〜そしてその小説がたいへん評判が良いということで、第二作の注文も受けました。ところがここ

でばったり書けなくなった[45]

「一般的に小説というものの概念はあるけれども、作家個人にとってはその概念が当てはまりません。そんな概念に当てはまらない自分の小説というものが必要なんです。私にはそれがなかったのでしょうね。書かねばならぬという、内からあふれでるものがない。ただ単に頭で書いていただけですから、行き詰まるわけです。例えていえば発酵すべきカビがなかったんです。このカビは才能とは違いますが、これがなければ自分の小説というものは書けない」

このカビが司馬さんの〝カビ〟の初出になるのですが、この〝カビ〟を見つけられず、小説を書くことに行き詰まってしまった司馬さんは、当時、知りあいだった寺内大吉氏の誘いもあって二人で同人誌を作ることになります。同人誌や作家仲間の集まりにはまったく興味がなかった司馬さんでしたが、寺内氏のいう今までにない同人雑誌を一緒に作ることで、なんとか自分の〝カビ〟を見つけるきっかけにしたいというのがその理由だったようです。

司馬さんは、この新しい文芸雑誌「近代説話」で〝カビ〟を見つけるために特化したユニークな規約を考えたといいます。この規約こそ、「厳密な計算」を駆使して〝カビ〟を見つけるためのものでした。

その規約とは、「①運営資金は司馬さんや寺内大吉氏、伊藤桂一氏らが出して、他の執筆者からはとらない（作家として自立できた執筆者からは徴収した）②いわゆる同人制はとらない③例会もしない④お互いが発表した作品について批評はしない⑤外部への批評活動はしない⑥同人には懸賞などで当選や候補作に残った経験のある三十代の書き手を募集する」といったものでした。

通常の同人誌ではあまり見かけないような規約が並んでいますが、司馬さんがこれらの規約が重要なものと考えていたことは、「近代説話」の6号の編集後記に「この鉄則は、永久に守られる」と書いていることからもわかります。

この規約で特に重要だと私が考えるものが二つあります。第一は、運営資金を出すのを司馬さんをふくめた数人に限定したこと。第二は一緒にやる仲間を精選したことです。もしかすると、第一の、運営資金を出す人間を限定したのは、「近代説話」は自分たちの〝カビ〟を探すために作ったものであり、あとからの参加者（後輩）に負担をかけたくなかったのかもしれません。このことについて、「オリジナリティー」の項でこの仮説を補強する興味深いことを書きました。

そして、第二の「懸賞などで当選や候補作に残った経験のある書き手を同人に募った」ことこそが、「近代説話」を始めた本当の目的だったように思えます。つまり、実力はあるが世に出るにはあともう少し、という三十代の才能ある若い作家を仲間にしたということは、自分のように〝カビ〟探しで悩んでいるであろう若き作家を選んだのではないかということです。

つまりは自分と同じような境遇の同人たちの作品を読んで自分の〝カビ〟探しの参考にしたいというのが真意だったのではないでしょうか。また、批評はしないなどの規約は、作品の良し悪しや問題点は読めばわかることなので、批評会などは無駄であり、必要がないと考えていたのでしょう。

「近代説話」は六年間で十一冊を刊行しましたが、各号千五百部を出版しました。この同人誌にしては多すぎるような発行部数や、積極的に後援者を募ったのも、独りよがりのアマチュアの作品ではなく、退路を断って、売れるプロの小説家をめざそうとした表れだったように思われます。

伊藤桂一氏（「近代説話」の仲間で直木賞受賞者）は「司馬遼太郎の文学的出発」[20]で、司馬さんは寺内氏と同人雑誌を作ろうと話し合った最初の夜に、「同人費は自分がサンケイで貰うボーナスを全部出す」と言い、寺内は「自分で檀家を廻った分の布施を出す」と言ったと書いています。

一冊の出版にかなりの費用が必要だったことは想像に難くありません。司馬さんが十年間の社会勉強の間に貯めていたであろう貯金は、きっと「近代説話」の創刊に役立ったと思われます。それ以外にも、伊藤桂一氏によれば、「近代説話」の創刊に際して、有力な後援者（広告主）が幾人も協力を申し出てくれたりして、広告を多く集めることができたそうですし、海音寺潮五郎、源氏鶏太、今東光、藤沢恒夫など多くの先輩作家も直接、間接的に応援してくれたといいます。

「近代説話」の功績は、司馬さんや寺内氏の新聞記者や僧侶としての経験から、これらの方々に応援を募った世間知の賜物といえるかもしれないのです。それは、私小説作家に対するアンチテーゼを、行動で示したものに他ならないようにも思えます。

もし、十年間の貯金や後援者から集まった広告費がなければ、限られた創設メンバーの資金だけでは、十一冊の発行は不可能だったかもしれないのです。

伊藤桂一氏は「東京で発行するころは、司馬、寺内、黒岩ともに世に出ていたので、これらの人たちが発行費を出した。『近代説話』は金のある者が発行費を出し、作品を書きたい者が作品を書く——という建前を、なんの問題もなく、終始スムーズに通して来ている。これは、同人雑誌としては、めずらしい形だと思う」と書いています。[20]「近代説話」は会費も不要、例会も不要、お互いの批評も不要、外部に向かっての批評活動も不要。不要だらけの規約の中で必要だったものは、才能があってまだ芽が出ていない作家とその発表の場だけでした。このユニークな規約が若き作家たちの才能の花を開かせました。

最初に花が咲いたのは司馬さんでした。「近代説話」結成四年後の昭和三十五年、ついに司馬さんは『梟の城』[50]で第四十二回直木賞を受賞したのです。作家になることを志した中学生の頃から数えて二十余年。司馬さんは直木賞受賞によって、プロの作家として独り立ちを果たしました。それは同時に十二年勤めた産経新聞社を辞めることを意味しましたが、司馬さんに新聞社を辞めることに躊躇はまったくなかったはずです。

「近代説話」は司馬さんをふくむ六人もの直木賞作家を輩出しました。司馬（1959）、黒岩重吾（1960）、寺内大吉（1960）、伊藤桂一（1961）、永井路子（1964）、胡桃沢耕史（1983）の六人です。その他に実力のある作家として、石浜恒夫、辻井喬がいました。

「近代説話」が多くの直木賞作家を輩出できたのは、司馬さんと同じように他の同人たちも自分の〝カビ〟を見つけることができたからに他なりません。〝カビ〟探しに特化した規約の中で競い合うことで、各々が自分の〝カビ〟を見つけられたからこそ、この成果が生まれたといえるのです。司馬さん自身も「こうした条件が『近代説話』の〝憲法〟ともいえるもので、ともかくそれで四人の直木賞作家が出た。〝憲法〟の功績だと思っています」[45]と話しています。

自分に足らないものは何で、その問題を解決するためには何が必要かを見抜く司馬さんの見識とそれを実現する行動力に驚かされます。もし「近代説話」とこの「憲法」が無ければ、六人の作家たちもいずれは直木賞を受賞できたとしても、さらに多くの時間がかかったかもしれません。「近代説話」が直木賞作家を輩出したのは決して偶然ではなく、「近代説話」の「厳密な計算」による規約の成果だったと思わざるを得ないのです。

『戈壁の匈奴』

「近代説話」を創刊したあとも、司馬さんは自分の〝カビ〟を見つけられず、結果はすぐには出ませんでした。「しかしそう急に迷いが去るわけでもないし、苦しみました。まだ自分の小説がないのですから、苦しみぬいたあげく、とにかく蒙古の小説でも書こうと思った[45]」と苦しんだ心境を語っています。

こうして書かれた『戈壁の匈奴[49]』は昭和三十二年の「近代説話」の創刊号に発表されました。この作品は大学時代に小説家になったら書こうと思っていたシルクロードを舞台にした小説でした。この地域を舞台に選んだということは、小説を書きたいと思った初心に戻ろうとして挑んだ作品だったことがわかります。

司馬さんはこの小説を書くに際して、龍谷大学大宮図書館で『元朝秘史』や関連資料を調べ尽くして、相当な専門知識をすでに持っていたと考えられます。

伊藤桂一氏は『司馬遼太郎の世紀』の「司馬遼太郎の文学的出発」において、『戈壁の匈奴』は直木賞を受賞できるくらいの水準であったと高く評価しています。

伊藤氏が『戈壁の匈奴』のどこを高く評価したのかを見てみると以下のようになりました。

「『ペルシャの幻術師』には、まだ習作的な色彩も少々は残っていたが、『戈壁の匈奴』になると、突如飛躍して、これは一篇の壮大な叙事詩となって結晶した」

「私は『戈壁の匈奴』には、司馬文学の、明確な原点があると思う」

「文学というものは、やはり、詩的陶酔を覚えさせるものでなくてはならない。とすれば、『戈壁の匈奴』は、その基準に申し分なく合格していた」

「美女の幻を求め、生涯を賭し必死の進軍を企図しつづける蒙古兵――の様相を描く

『戈壁の匈奴』は、その異色の材料を、格調高く、かつ濃密な物語性をもって歌い上げて人を魅了する」

「『ペルシャの幻術師』から『兜率天の巡礼』にいたる三作品は、いずれも、司馬遼太郎の、蒙古や西域、つまり漢民族の周辺を愛する思想によって生まれたものである。強く、しかも深い、内的衝動があってのこととみなければならない」

伊藤氏の慧眼には恐れ入るしかありません。この作品は伊藤氏の言う通り、歴史小説というよりは長編叙事詩のようになってしまいましたが、それでも歴史小説として踏みとどまることができたのは、大阪外語で学んだことや、龍谷大学の図書館で読んだ西域や蒙古史の専門知識が重しとなったからだと思います。

私が伊藤氏の考察にもう一点つけ加えるとするならば、『戈壁の匈奴』の執筆当時、司馬さんがどのような心理状態であり、どのような心境で執筆に挑んだのかを考える必要があるように思えます。

『戈壁の匈奴』を執筆した当時、司馬さんは『ペルシャの幻術師』を書いたあと、次の作品が書けなくて長い間、苦しんでいました。司馬さんによれば、その原因は自分の〝カビ〟がなかったためだったといいます。

司馬さんは、その〝カビ〟を求めて「近代説話」を作り、悪戦苦闘の数年間を過ごしましたが、〝カビ〟は見つからず、いよいよ追い詰められた司馬さんが乾坤一擲の勝負を賭けたのがこの作品だったと考えられます。

『戈壁の匈奴』を簡単に解説すると、若き蒙古の英雄・テムジンは西夏にいると聞く幻の美女を手に入れようと決意し、西夏へ攻め込んだ。幾度もの失敗を経て、ついに西夏の幻の美女・李睍公主（リーシエン）を手に入れたのだが、彼女はすでに年老いており、すぐに死んでしまったという話です。司馬さんがこのおとぎ話のような異色の材料を伊藤氏の言うように、格調高く、かつ濃密な物語性をもって歌い上げ、読者に詩的陶酔を覚えさせることができたのは、司馬さんによほどの「深い内的衝動」があったのが理由だったように思えます。

この「内的衝動」とは何かと考えた時、まず、頭に浮かぶのは、「苦しみ抜いたあげく、とにかく蒙古の小説でも書こうと思った。もうほめられようとかも思わず、人の批評なども気にせず、天下第一の悪作を自負して書こうと思った。開き直ったわけですね。そして書いたのが『戈壁の匈奴』でした」という部分です。

司馬さんの追い詰められた心境がよくわかる文章ですが、実はこの作品は司馬さんが言う通り、天下第一の悪作にもなりかねない、野心的な作品でした。司馬さんがこの天下第一の悪作のために行った技術面と、主人公であるテムジンの心理面の二つの点から考えたいと思います。

まず、技術面です。司馬さんはこの当て書きという技法を『梟の城』で試みたとどこかに書いていましたが、その一つ前の作品である『戈壁の匈奴』でも同じことを試みていた可能性があります。そして、『戈壁の匈奴』で当て書きの効果に手ごたえを感じた司馬さんは、『梟の城』において、より積極的に当て書きを使ったのだと思います。

司馬さんはこの作品の主要な登場人物であるテムジンに自分自身を当て書きしたと考えられます。また、配下の武将、蒙克には部下のノモンハン生き残りの戦車兵のどなたかを当て書きをした可能性があります。その戦場焼けした風貌はモンゴルの騎馬兵の戦士にふさわしいものでした。

また、小説の舞台である蒙古や西夏の風景に当て書きしたのは、司馬さんが若き日に戦車で走った満州の雄大な原野だったでしょう。登場人物だけでなく、満州の風景までも当て書きしたことで、小説を戈壁の色に染め上げることができたのです。

では、この作品の「深い内的衝動」とはどういうものだったのでしょう。私は司馬さんは自分の文学に懸ける愛と憧れのすべてをテムジンの李睍公主への想いに託して書いたのだと思っています。

司馬さんはこの作品を中学時代から大好きだった騎馬民族の英雄を主人公に、小説の舞台をシルクロードの大地に求め、小学生時代からの文学・小説への憧れを西夏の美姫になぞらえて書いたのです。何度も挫折を味わった自分の文学はテムジンの西夏攻略の失敗にあてはめました。

そして、もし、西夏の美女（文学）を手に入れることができるのであれば、自分はいつ死んでも構わないし、手に入れるまでに老人になってしまっても、手に入れてすぐに死んでも悔いはないという覚悟を書いたのが『戈壁の匈奴』だったと考えられます。司馬さんのこの激烈な想いは、同時にこの作品に私小説の色合いを濃く漂わせることになりました。

こういった司馬さんの激烈な感情こそが、伊藤氏のいう『戈壁の匈奴』がはらむ「内的衝動」だったのです。この激しい「内的衝動」ゆえに『戈壁の匈奴』は格調高く、濃密な物語性を歌い上げ、読者をして詩的陶酔に酔いしれさせた壮大な叙事詩のような歴史小説になりました。

さらに、この作品を重厚にしているのは、精密で堅牢な司馬さんの蒙古や西域の歴史知識でした。

司馬さんは「私は私小説とは全く違う人間なんです。自分自身に話題があるとはとても思えない。生まれつき思えない性質です。自分のことを語らない。語ってもうまく語れない」。しかし、反面、「私小説が好きでした」とも語っています。

この矛盾する言葉に想像を交えて、深読みすれば、自分は世間でいう私小説は書けないが、『戈壁の匈奴』のような私小説であれば、書けると言っているのかもしれません。

司馬さんは、精密な史実や歴史知識に支えられた中で、自分を主人公に重ねて表現することで、自分のスタイルを作ることを確立し、魅力ある新しい歴史小説の形を作ることに成功しました。これこそが司馬さんの〝カビ〟であり、「透明な一滴」だったのです。

『戈壁の匈奴』こそが、その最初の作品になりました。そういった意味で、『戈壁の匈奴』は「天下第一の悪作」とののしられたかもしれない野心的で新しい歴史小説になりました。

司馬さんは伊藤氏が書いているように『梟の城』を書く以前にすでにここまでの水準に到達していました。『梟の城』の直木賞受賞は必然だったと言えるかもしれません。それを『戈壁の匈奴』で見抜いた海音寺潮五郎氏の慧眼に恐れ入るばかりです。

司馬さんが「氏が声をかけてくださらなかったら、私は第三作を書くことをやめ、作家になっていなかったであろう」と書いているのは、司馬さんが、この作品を書いた想いと覚悟を思えば納得するしかありません。

若き司馬さんの文学に対する想いと覚悟を感じることができる記念碑的な意味にお

いても、また、新しい司馬さん独自の歴史小説の形が生まれた作品という意味においても『戈壁の匈奴』はもっと評価されてしかるべき作品だろうと思います。

「透明な一滴」

半藤一利さんの『清張さんと司馬さん』に、「透明な一滴」について井上ひさしさんが語ったという話を書いています。井上ひさし氏によると、司馬さんは「私は資料を読んで読んで読み尽くして、そのあとに一滴、二滴出る透明な滴(しずく)を書くのです[30]」と語ったといいます。

また、半藤さんは「この資料を読んで読み尽くすまでの集中力において、余人に超越して優れていた、とわたくしは観察しているわけです」とも書いています。

司馬さんが何のために「透明な一滴」を求めたのかという疑問の答えは、それが司馬さんの〝カビ〟の一つだったからだと思います。司馬さんの〝カビ〟は一つではないと思いますが、その最も重要な〝カビ〟がこの「透明な一滴」でした。

『戈壁の匈奴』で手ごたえを得た司馬さんは、次の『梟の城』でも多くの忍者たちに自分のよく知るトップ屋、即ち新聞記者たちを当て書きしたといいます。『わが小説』には、『梟の城』を執筆するに際して「(かれらは自分の職業をどう思い、どういう執念をもっていたのだろう)と考えたとき、私は、目がさめるような思いでわれにかえった。かれらは、新聞記者である私自身ではないか[51]」と書いています。

この「かれらは、新聞記者である私自身ではないか」が『梟の城』の「透明な一滴」でした。司馬さんはどこにも書いていませんが、この時、戦国時代の伊賀の歴史風土や忍者の実態についても知りうる限りの史料を「読んで読んで読み尽くした」上での発見でした。

司馬さんはこの目の覚めるような「透明な一滴」を発見した時、『梟の城』の成功を確信したと思われます。司馬さんはトップ屋の職業観、記者としての生き様を葛籠重蔵に重ね合わせた時、葛籠重蔵は独自の私小説的な風合いを持つ、魅力的な新しい忍者として誕生したのです。

この『梟の城』で司馬さんは完全に自分の〝カビ〟を発見し、自分の歴史小説の形を創造することに成功しました。

『竜馬がゆく』の場合では、司馬さんは「透明な一滴」を求めるために、より積極的な行動をとります。司馬さんは、東京神田の古書店から坂本龍馬を扱ったありとあらゆる書籍や関連資料を買い求めました。有名な話で恐縮ですが、『竜馬がゆく』のために古書店から集めた書籍はおよそ三千冊。昭和三十年代の金額にして一千万円。重さにして約一トンになったといいます。[30]

坂本龍馬の「透明な一滴」は、一トンもの書籍の情報を頭の中の蒸留釜に入れて得たスピリッツの一滴でした。龍馬の「透明な一滴」を捉えておけば、その上に自分の想いなり、死生観なりを重ねても、歴史上の「龍馬」と逸脱することはなく、かえって作中で生きた人間のリアリティを持って、活き活きと動き始めるのです。

司馬さんの作品が多くの読者を魅了した理由がここにあります。司馬さんの小説の主人公の一言一句が読者の胸に響くのは、歴史上の人物から滴った「透明な一滴」の上に、司馬さん自身の死生観や体験が主人公の口から迸り出るからでした。逆にもし、いくら努力してもこの「透明な一滴」が見つけられなかった場合や、見つけたはずの

「透明な一滴」が不透明なものだった場合はどうでしょうか。

いくら「不透明な一滴」の上に想いや死生観を語らせても、作品の中の主人公はうまく動いてくれない可能性があります。その一例として『翔ぶが如く』が挙げられるかもしれません。司馬さんは最後まで、西郷隆盛の「透明な一滴」を見つけられずに苦労したようなことを書いていたように記憶しています。

『翔ぶが如く』の読者レビューを読んでも二つに分かれているように感じます。おもしろかったという評価がある反面、「難しい」「読んでいるうちに迷子になりかけた」「読みにくかった」といったものが並んでいます。

これは司馬作品にはめずらしいことです。その原因は司馬さんが西郷の「透明な一滴」を見つけきれなかった、あるいは、見つけたと思ったものが実は「不透明な一滴」だったことが原因だったのかもしれません。

このように「透明な一滴」であるか否かは作品のできを左右するのです。

司馬さんの〝カビ〟は「司馬史観」などではありません。司馬さんは和田宏さんに「『司馬史観』なんていうのは、やめてくれんかな」とか「史料を触媒として使い、その枠など無視して、自由に想像の羽を伸ばしているのだから、『史観』などというたいそうな言葉を使ってほしくない」[38]とまで話していたといいます。

司馬さん自身の「透明な一滴」

司馬さんの一人の人間としての「透明な一滴」は何だったのかと考えた時、それは芦名先生から受け継いだ「やさしさ」と「美意識」だったのではないかということに考えが至りました。芦名先生の「やさしさ」が司馬さんの原体験であり、それが小説を書く原動力となり、最終的には「やさしさ」であふれる未来を創りたいとまで考えるようになったと思われます。

司馬さんは自分の美意識によって、大切な人やことについて、ほとんど口にしない人でした。特に大事な存在だったお母さんについては一切書いたり話したことはありません。同じことが芦名先生のやさしさについても言えます。

司馬さんは数多くのエッセイを書いたり、インタビューを受けたり、講演会をしていますが、私の知る限り、司馬さんが芦名先生について書いたり話したりしたことは、随筆で二回、講演会「松陰のやさしさ」の一回しかありません。このことからも、この講演会は特別な意味をもつものだったことがわかります。

芦名先生から受け継いだ「やさしさ」について司馬さんは、『二十一世紀に生きる君たちへ』の最後の部分で丁寧に書いています。

私はこの『二十一世紀に生きる君たちへ』は司馬さんが二十代から書き続けてきた「二十三歳の自分への手紙」の最後の手紙だったのではないかと考えています。二十三歳の自分への手紙は、「どうして日本人はこんなに馬鹿になったんだろう」という深刻な問いから始まりました。

司馬さんは数々の歴史小説でその時々の返事を書き続けましたが、最後の返事が、「やさしさの訓練」を皆が行えば、世界は仲よしになれる、だったのではないでしょうか。『二十一世紀に生きる君たちへ』の最後の部分で、司馬さんは「君たちさえ、そういう自己をつくっていけば、二十一世紀は人類が仲よしでくらせる時代になるのにちがいない」と書いています。

『二十一世紀に生きる君たちへ』の教科書の編集趣意書である「人間の荘厳さ」[52]に、司馬さんは自分の想いをにじみ出るような筆致で書いています。

「人間は、鎖の一環ですね。はるかな過去から未来にのびてゆく鎖の。――人間のすばらしさは、自分のことを、たかが一環かとは悲観的におもわないことです。ふしぎなものですね。たとえば、小さい人たちは、いきいきと伸びてゆこうとしています。少年少女が、いまの一瞬を経験するとき、過去や現在のたれとも無関係な、真新の、自分だけの心の充実だとおもっているのです。荘厳なものですね。『21世紀に生きる君たちへ』は、そういう荘厳さを感じつつ、書いたのです。次の鎖へ、ひとりずつへの手紙として。こればかりは時世時節を超越して不変のものだということを書きました。日本だけでなく、アフリカのムラやニューヨークの街にいるこどもにも通じるか、おそらく通じる、と何度も自分に念を押しつつ書きました」

「人間の荘厳さ」には、どこまでも少年少女の荘厳な可能性を信じ、人類が仲よしでくらせるための時代や民族を超えた不変のものがあると信じた司馬さんがいました。

これが「どうして日本人はこんなに馬鹿になったんだろう」という問いに対して五十

年もの間、返事を書き続け、考え続けてきた最後の答えでした。

この中の「人間は、鎖の一環ですね」は司馬さんが一九七一年の防府市公会堂の講演会で「人の輪」について話していたことに通じるように思えます。『二十一世紀に生きる君たちへ』を書く二十二年も前から、司馬さんはこのことを胸に抱き、考え続けていました。

もう一つの「啄」

司馬さんには、芦名先生以外にもう一つの「啄」があったと気がつきました。司馬さんが人生の岐路に立った時、励まし勇気を与えてくれた人物がもう一人いたのです。その二人目の人物とは海音寺潮五郎氏でした。

司馬さんが卵の中で苦闘している時に助けてくれたのが芦名先生だとすると、海音寺さんは巣立ちで悩んでいた司馬さんを励まし、崖の上の巣から飛び立つ勇気を与えてくれた恩人でした。それはまるで、親鳥が巣立ちする雛鳥を励ましているかのようでした。

司馬さんが『ペルシャの幻術師』で賞をもらって小説家の入り口に立った時、次の作品が書けずに行き詰まったことはすでに書きました。そんな時に、『ペルシャの幻術師』に注目し、その才能と可能性を認め、激励してくれたのが海音寺氏でした。それは『戈壁の匈奴』でも同様でした。長文の毛筆の手紙でその作品を高く評価し、励ましてくれたのです。

司馬さんは海音寺さんから手紙をもらった時の感動をこう書いています。「氏から望外の手紙をいただき、胸中、非常な蛮勇がわきおこった。～中略～せっかく小説を書くうえは概念から自由になるべきだという自己流の弁解を自分にほどこし、やっと書きつづける勇気を得た。その勇気を得させてもらった唯一のひとは、氏であった。もし路傍の私に、氏が声をかけてくださらなかったら、私はおそらく第三作目を書くことをやめ、作家になっていなかったであろう」と。

この司馬さんの海音寺氏への感謝の想いは、高杉晋作が吉田松陰に抱いていた感謝と畏敬の念とまったく同じように思えます。司馬さんはその生涯において、自分を深く理解してくれ、励まし、導いてくれた師を芦名先生以外にもう一人持っていたのです。

芦名先生についてはすでに書きましたので、そのもう一人の啄である海音寺潮五郎氏について少しだけふれたいと思います。

海音寺氏は『日本歴史を点検する』[53]のまえがきで、「現在のぼくには、この人ほど相手にしておもしろい人はありません。〜中略〜豊富な知識があり、最も柔軟鋭敏な感性があり、雲間にきらめく電光のような天才的創見を持っている上に、すぐれた話術の持主です。いく時間語っても飽かず、話せば話すほどおもしろく、興趣の尽きることがありません」と書いています。これらの言葉から、海音寺氏がいかに司馬さんを高く評価し、深く理解していたかがよくわかります。

芦名信行先生と海音寺潮五郎氏。この二人が司馬さんの「人間が人間に影響を与えることの不思議」という考えに大きなヒントと実感を与えてくれた人たちだったと考えて間違いがないでしょう。また、直木賞の選考会において、司馬さんの才能と作品の魅力、その将来性を強く推薦してくれたのも海音寺さんでした。

司馬さんの歴史小説の多くには、主人公の身分や立場、時代背景は違っても、無私の目で弟子の隠れた才能を見いだしてくれる師の存在がありました。弟子は師によって、本当の自分に目覚め、励まされ、世の中を変革するために戦乱の渦の中に飛び込んでいったのです。

『竜馬がゆく』の勝海舟と坂本龍馬。『国盗り物語』における斎藤道三と織田信長。『峠』における山田方谷と河井継之助。『花神』の緒方洪庵と村田蔵六。『翔ぶが如く』では島津斉彬と西郷隆盛。『草原の記』のツェベクマさんと高塚シゲ子先生の二人も同じです。

これらの師弟の姿が司馬さんを何よりもまず感動させ、司馬さんに小説に書きたいと思わせました。つまりは、これらすべての物語は姿を変えた吉田松陰と高杉晋作の物語であり、ひいては芦名先生と司馬さん、海音寺氏と司馬さんの物語といえるのです。司馬さんが見つけた二つ目の〝カビ〟は、才能ある若者が無私で洞察力にあふれた目を持つ師によって真の自分に目覚める不思議なやさしさの力でした。

激動の時代に飛び出していった若者たちの運命がハッピーエンドで終わることはありません。多くは竜馬や村田蔵六、あるいは河井継之助のように非業の最期を遂げることになるわけですが、その結末はどうであれ、どの作品も読者に明るく涼やかな印象を与えるのは、師によって目覚めた若者が死を恐れず、未来を信じて生き抜いたからでした。

司馬さんの歴史小説がなぜ明るく希望に満ちているのかという問いの答えはこの啄との出会いの中にありました。司馬さんの歴史小説を英雄史観だと言う人がいますが、それらの人は司馬作品の表面しか見ていないと言わざるを得ません。

司馬さんは自分自身が体験した、師によって本当の自分を見いだされた感動と喜びをもとにして、そのやさしさの力によって、目覚めた弟子が自分の人生を切り拓いてゆく勇気ある姿を描きたかっただけでした。そして司馬さんは、人間の世の中が続いていく限り、やさしさの力こそが不変の価値を持つものだと信じていました。

司馬さんの作品が21世紀になっても支持され、愛され続けているのは、ここにその大きな理由がありました。

「〝独学〟のすすめ」

司馬さんは『風塵抄』の「〝独学〟のすすめ」の最後に「独学独思を勧めつつも、一方でいい先生につくに越したことはないと言い添えておく。ただし、そういう幸運にめぐまれればのことである」と書いています。この持って回ったような書き方は、深読みすれば、よほどの幸運でないとそんな出会いはないけれど、私はそんないい先生に幸運にも二人も出会うことができましたけれどね、とも読めるような気がします。

司馬さんがもし中学時代に出会った先生が英語の先生のような人ばかりだと考えていたとしたら、「独学独思で十分だ」「学校教育など必要はない」と言い切っていたかもしれません。

何度も書きましたが、司馬さんは最も言いたいことを作品の最後尾やあとがきに書く癖がありました。この一節も「〝独学〟のすすめ」の最後尾に書かれていました。つまりは、司馬さんはこの最後の一節を大事なことだと思っていたことは間違いないと思います。

司馬さんにとって大変なことも多かった中学校時代ですが、司馬さんの人生を決定づけた幸運な出会いがあったのも中学時代でした。ご本人もそれを自覚していたことは、講演会の「松陰のやさしさ」を読めばよくわかります。

この講演会で、司馬さんがいつもは話さない個人的な話をあえてした理由は、芦名先生のおかげで、自分も「人が人に与える不思議な影響の輪」を知り、また、輪につらなることができたという想いがあったからだと思います。

芦名先生と海音寺氏の二人の先生は、司馬さんの才能と努力を認め、励ましました。なぜ司馬さんは二人の目にとまり、励ましを受けることができたのか。司馬さんが誰よりも努力を重ね、希望に輝く眼を持っていたからだと思われます。だからこそ、二人の先生の無私のまなざしは司馬さんの輝きを見逃さなかったのです。

芦名先生と海音寺潮五郎氏との出会いがなければ、小説家司馬遼太郎は存在していなかったかもしれません。それくらい自分にとって稀有な出会いだったと司馬さんが考えていたからこそ、「〝独学〟のすすめ」の最後に「幸運にめぐまれればのことである」という言葉を書いたと考えられます。司馬さん自身がこの二人の先生との出会いを「よほどの幸運」だったと自覚していた証しなのです。

司馬さんと私小説

近代の日本文学史に特異な足跡を残したものが私小説でした。その作家たちには自己破滅型と呼ぶべき作家が多いのが、特徴の一つでもあります。司馬さんは中学時代の読書について、「結局、僕は小説をたくさん読む少年だったんです。～中略～とくに私小説が好きだった」[5]と話しています。

しかし反面、「ところが、自分は私小説と全く違う人間なんです。自分自身に話題があるとはとても思えない。生まれつき思えない性質です。自分のことを語らない。語ってもうまく語れない。無理して語ると、むしろオーバーに語ってしまう。私小説の書き手ではない」と話し、自分は私小説とは相容れない存在であると話しています。

つまり、司馬さんは私小説が好きでよく読んでいたけれど、私小説作家的体質ではないので私小説は書けないし、その気もないということになります。司馬さんは私小説を評価しながらも、私小説作家の社会常識から外れた生き方、考え方は自分とは相容れないものだと認識していたようにも思えます。

司馬さんのこのような考えは、作家になってからも変わりませんでした。『週刊新潮』の長谷部日出雄氏との対談[54]において、司馬さんは「(葛西善蔵は)小説を書くと言っているんだけども、実はその生活報告を書いているわけでしょう。そういう自分が都会でどうボロボロになっていくかという、大胆な、まあ言うたら都市への特攻隊みたいなもんですよね」と身もふたもないような言い方で私小説作家、葛西善蔵の生き方を否定しています。

また、「職能集団が住む近代の都会という場所に、手になんの職も持たずに住むとどうなるかという実験をしたのが、私小説作家ではないだろうか。ゆえにかれらは必然的結果として、貧困と病気にみまわれ、それが作品の主なテーマになった」というような冷徹な見方もしています。

また、「北のまほろば」(『街道をゆく』)においても、司馬さんは葛西善三に少なからずふれていますが、司馬さんの私小説作家・葛西善三への評価、認識は以前と少しも変わっていないように思えます。

これらの考え方は司馬さんが作家になってからのものではなく、中学時代に私小説を好んで読んでいた時からの変わらない考えだったかもしれません。中学生の司馬さんは、私小説作家の作品の面白さは別にして、その生き方に強い違和感を覚え、その反発から私小説作家のような小説家にはならないぞと決心し、「一生の時間割」の中に十年間の社会勉強を設定したのではないでしょうか。

私の得意の勝手読みでいえば、私小説作家の生き方はある意味、武士的で、儒教的な生き方に近いのかもしれません。孟子の「自らかえりみてなおくんば、千万人と雖も吾往かん」の精神です。たとえ、妻子が借金地獄に堕ちても、貧窮のどん底であえいでいても、自分の信じる道、すなわち文学のためなら悔いはなく、自分の芸術（文学）に懸ける情熱とその境遇に悲壮感と美を感じる精神です。

このような私小説作家の精神は、少し前まで武士の都だった東京や弘前のような城下町をルーツに持つ地方都市だからこそ、壮烈で美しいものとして受け入れられ、近代日本の文学の特徴的な一つの流れになったのかもしれません。

しかし、古くからの商業地である大阪ではどうだったでしょうか。大阪では「金のないのは首のないのと同じこと」という格言が言い古されてきました。このような考え（美意識）は、古くから貨幣経済が発達し、封建制が他の都市と比べてさほど定着していなかった京都や大阪ならではの考え方といえるかもしれません。江戸や大名の城下町に根づいていた儒教的な観念とは真逆な美意識であり、生き方なのです。

ですから、生まれも育ちも大阪の司馬さんにとって、私小説作家の生き方は到底受け入れられるものではなかったのかもしれません。私小説作家の生き方に壮烈な美を感じるのか、大阪商人的な生き方を是とするのかはそれこそ、美意識の問題になるかと思います。

司馬さんは中学生の時から大阪的な美意識を持っていたと想像されます。そのことを証明する格好の例があります。司馬さんは「大阪外語に行っているときは、外務省の下級の役人になって、どこか辺境の領事館に勤めたいと。そして三十になったら小説を書きましょうとか思っていましたね[5]」と話しているのですが、戦後になって新聞記者になっても、「少なくても十年間は新聞記者をしようと思いました。そしてその間にできるだけ本を読み、人生勉強もしよう。その上で小説を書こうとね[45]」と話しています。そしておそらくは、その間に作家になるための貯蓄もしようと考えていたと想像できます。

このことから、司馬さんは戦前も戦後も、自分が作った「一生の時間割」に基づいて、一貫した行動をめざしていたと考えることができます。司馬さんにとって文学をめざすことは、金を稼いで、十分な社会基盤を築き、一人前になってからのことで、十年の回り道こそ、自分の文学には必要だと考えていたと考えられます。

十年間の社会勉強の期間は、経済的自立を確立するための期間でもありました。司馬さんは『竜馬がゆく』で、龍馬の口を借りて、「財政の独立なくしては、思想の独立もなく、行動の自由もない」と書いています。この一節は、坂本龍馬の記録にはなく、司馬さん自身の考えを書いたものだったように思われます。

経済的な独立は父親からの独立でもありました。司馬さんの十年間の社会勉強も、「近代説話」規約やその出版を通じて示した行動も、私小説作家的な生き方への無言の批判だったようにも思えます。それをことさらに話すのではなく、黙って行動で示すというのが、司馬さんの美意識でした。

八　『世に棲む日日』

松陰のやさしさ

『世に棲む日日』を書く下準備を始めた時、司馬さんは吉田松陰や幕末史の膨大な史料・資料を読み込むことによって、その中から立ち上がってくる松陰の「透明な一滴」を見つけたいと願っていたことでしょう。作品を書く上で「透明な一滴」を見つけることができるかどうかが、主人公の本質に迫れるかどうかを決定づける非常に重要な要素だと考えていたからです。

この「透明な一滴」を見つける作業の中には、資料・史料を読み込むだけではなく、講演や随筆を書くことも含まれていました。話したり書いたりする中で、「透明な一滴」を探すのです。昭和四十二年に発表された『芦名先生』の執筆も松陰の「透明な一滴」を見つけるための作業の一つだったように思えます。

芦名先生は中学生の司馬さんが書いた作文を読んで、その文才を最初に認め、前に進む勇気を与えてくれた先生でした。司馬さんはこの芦名先生の記憶を再確認するために『芦名先生』を書いたのだと思います。司馬さんは自分が体験した芦名先生の「やさしさ」の中に松陰と共通する「やさしさ」を見つけ、これこそが松陰の「透明な一滴」ではないかと思ったのかもしれません。

司馬さんが芦名先生と出会った頃の戦前の写真を見ると、松浦松洞の有名な松陰の肖像画[55]に顔だけでなく、雰囲気までよく似ていることに驚きます。p26の芦名先生の写真と見比べてください。

吉田松陰肖像画

司馬さんは戦災で自宅を焼失していましたので、『芦名先生』の執筆当時、手許に卒業アルバムも芦名先生の写真もなかったと考えられます。おそらく、中学校時代の記憶だけで『芦名先生』を書いたのではないでしょうか。

司馬さんが随筆『芦名先生』を書いたのは二年前

の昭和四十二年でしたから、『世に棲む日日』の執筆を始めた昭和四十四年の二年前になります。そして、『世に棲む日日』の執筆中に随筆『悪童たちと凡夫』を書いています。この二つの随筆はともに同じ芦名先生の授業の様子を書いたものといわれていますので、この二編の随筆は芦名先生と松陰のイメージを確かめ、固めるためのものだったと想像できます。

司馬さんには、松陰の松下村塾が一年と数か月しか開かれていなかったのに、どうして若者たちに大きな影響を与えることができたのかという大きな謎がありました。司馬さんはこの謎を解くということが、『世に棲む日日』執筆の動機の一つとしてありました。司馬さんはこの謎を松陰の「やさしさ」で解き明かしました。

「やさしさ」こそが司馬さんが考える松陰の「透明な一滴」でした。松陰は松下村塾の日常の中で、弟子たちの本人も気づいていない心の奥底にある個性や才能を洞察し、褒め、励ましました。この誰に命じられたものでもない無償のやさしさを、司馬さんは松陰の「やさしさ」と呼びました。松陰は『福堂策』の中で「人賢愚ありと雖も各々一、二の才能なきはなし」[56]とその信念を書いています。

この信念のもと、松陰は弟子たち一人一人にやさしい目を向け、そのよき処を洞察しようと努めました。しかし、忖度も妥協もしませんでした。伊藤博文のことを松陰は手紙に「利助（博文）、亦進む、中々周旋家になりそうな」と書いています。また、別の書簡では「才劣り学幼きも、質直にして華なし、僕頗るこれを愛す」とも評しています。

松陰は、伊藤には高杉晋作や久坂玄瑞のような独創的な考えを案出したり行動したりする才能ではなく、その人間性を見抜き、愛し、評価しているのです。

この「人賢愚ありと雖も」に響き合っているのが、『史記』の「刺客列伝[57]」の「士は己を知る者のために死す」ではないでしょうか。この言葉は松陰に本当の自分を見つけてもらった高杉たち弟子の感動を端的に表現したもののように思えます。吉田松陰の「やさしさ」が多くの若者を感動させ、その死が幕府への復讐の念を昂らせ、政局を倒幕へと一気に動かしたのです。

『世に棲む日日[58]』は松陰の「透明な一滴」を見つけることができた司馬さんにしか書けない小説でした。

『世に棲む日日』

幕末の長州藩の吉田松陰とその弟子、高杉晋作を描いた『世に棲む日日』について、少し調べてみました。司馬さんは『世に棲む日日』の下調べの途中や執筆中に、新聞や雑誌にその時々の自分の考えを多く書いています。私が調べた以外にも探せばまだあるかもしれません。

司馬さんは、吉田松陰について、講演で話したり、新聞に書いたりすることを小説を書く準備として、あるいは「透明な一滴」を見つける上でも欠かせない作業と考え、実行していたことはすでに書きました。『芦名先生』『悪童たちと凡夫』もその一環です。『世に棲む日日』は週刊朝日で昭和四十四年二月から連載が始まり、翌年の昭和四十五年十二月まで続く長期連載でした。

司馬さんがいつ頃から『世に棲む日日』の執筆の準備にかかったのかはわかりませんが、一つの目安になるものがあります。司馬さんが新聞や雑誌に書いた吉田松陰や松下村塾に関する随筆がそれです。

それらを調べてみると、左記のようになりました。まだあるかもしれません。

「吉田松陰と松下村塾」別冊潮　昭和四十二年四月
「芦名先生」浄土宗新聞　昭和四十二年十月
『吉田松陰』（日本人のこころ、その代表的人物）毎日新聞社　昭和四十三年[59]
「日本のこころ・その代表的人物 吉田松陰」毎日新聞社　昭和四十三年
――『世に棲む日日』執筆　週刊朝日連載　昭和四十四年二月〜昭和四十五年十二月
「白石と松陰の場合」（学問のすすめ）　昭和四十四年七月
『悪童たちと凡夫』　東本願寺随想集　昭和四十四年十月
――『世に棲む日日』執筆以後――
「松陰のやさしさ」防府市公会堂講演会　昭和四十六年七月十五日
「松陰の資質とその認識」『吉田松陰を語る』対談 大和書房　昭和四十九年[60]

司馬さんは、『世に棲む日日』のために、資料・史料の精査以外にこれだけの手間をかけていました。これらの随筆や講演は、資料を探索する中で得た松陰を考える思索の旅の記録ということができるかもしれません。半藤一利さんは、司馬さんは長編だと十年をかけた場合もあると[30]書いています。

これらの随筆から推測すると、司馬さんはこれらの随筆の執筆を始めるずっと前から資料・史料を精査していることが予想されますので、『世に棲む日日』の場合も準備に少なくとも三年以上はかけていた可能性があります。

防府市講演会「松陰のやさしさ」

この「松陰のやさしさ」という講演会は、一九七一年といいますから、『世に棲む日日』の執筆が終わって半年ほど経った頃に開かれたものでした。この講演の原題は「歴史と人生」でした。本として出版する時に、よりふさわしい「松陰のやさしさ」に司馬さんが変更したと考えられます。

講演会を始める際に、司馬さんは、「人間が人間に影響を与えるということはどういうことか、その不思議さについてお話ししたいと思います」と話しています。これこそがこの講演の主要なテーマでした。

講演は、緒方洪庵と村田蔵六、村田蔵六とおイネ、ポンペと荒瀬育造、吉田松陰と高杉晋作といった師が弟子に与えた大きな影響について展開していきます。中でも松陰のことが熱く語られました。

ところが、司馬さんはその話の途中で、急に自分の中学二年の時にあった作文の授業の話に切り替えてしまいます。それは、「私は一度だけ、これがお前の長所なんだ」から始まったのですが、その話は外をぼうと見ていた司馬さんを作文の構想を練っていると勘違いした作文の先生が自分を褒めてくれたことが非常にうれしかったという奇妙な話でした。

司馬さんは作文の先生の名前を明かしていません。明かしてはいませんが、『芦名先生』に書かれた内容と講演の話がよく似ていますので、その作文の先生は、芦名先生だったことは間違いないと思われます。

奇妙なことに、司馬さんは作文の先生に勘違いで褒められているのにもかかわらず、

「その時は大変興奮しました」「大いに褒められたのです」「こんなことを言われたのは、幼稚園以来、初めてのことでした」「私はすっかり興奮してしまいました。いまでもその興奮は残っています」「そんなにおれを認めてくれたのかと感激して」「少なくともその感激は心に残っています」と異常なほど、喜んでいるのです。

勘違いされて褒められたのが、なぜそんなに嬉しかったのか。司馬さんは、自分が勘違いで褒められていることを知っていながら、なぜそんなに嬉しかったのか。

また、そんな奇妙な話を司馬さんはなぜ、松陰の話の途中にはさんだのか、それまで個人的な話を極力避けていた司馬さんがなぜ自分のそんな話をしたのか。不思議なことばかりです。

私はこの部分を何度も読んでいる内に、途中から、この勘違いで褒められたというのは、実はフェイクで、本当は司馬さんは芦名先生に自分が書いた作文を褒められたのではないかと思うようになりました。褒められたのが自慢にとられるのが嫌で、勘違いされた話に変えたのかもしれないと思ったりもしました。

そして、この奇妙な話はこの講演会のテーマである「人間が人間に影響を与えるということはどういうことか」に関係があり、それは半年前に完成した『世に棲む日日』にもつながっているのではないかということに思い至ったのです。

なぜなら、司馬さんが芦名先生に褒められた体験は高杉晋作が吉田松陰に褒められたことと同じであって、司馬さんと高杉は共通する体験を共有していたといえるのです。

当時の司馬さんを取り巻く環境は過酷なものでした。担任との二年間に及ぶ対立。学校に馴染めない司馬さん。苦手な数学や軍事教練。そんな閉塞状態にあった時、芦名先生がひそかに自負していた文才を見抜いて褒めてくれた時の感激、感動が、二十年以上経過しても胸に残っていて、それがこの講演の中で噴出したのではないかと思えます。

ある辞書によると、やさしさとは「自分に対する見返りを求めず、損得を考えずに相手のためになる行動を進んで行うこと」とあります。

先生は司馬さんのクラスに一年と二年の間国語を教えに来ていただけの先生であり、学級担任でもクラブの顧問でもありませんでした。言ってみれば、二人は教室の中だけの教師と生徒という淡い関係でしかありませんでした。しかし、作文の授業の時の芦名先生のやさしい励ましや作文を褒められた感動が司馬さんを小説家の道に進ませたのかもしれません。

私は『芦名先生』を読んで以来、二人が直接結びつく場面を探していたのですが、どこにもありませんでした。この防府市の講演録を読んで初めて、二人が直接つながっていた証しを見つけることができ、司馬さんが芦名先生の授業になぜあれほど感動したのかという謎が少し解けたような気がしました。

吉田松陰は特別なやさしさを持った人でした。松陰はどんな人間もどこかすぐれたところがあると信じていましたから、高杉の心の奥深いところを洞察して、隠れている良いところを見つけることができたのです。

松陰のやさしさにふれ、人生が変わってしまったのは、高杉晋作一人ではありません。久坂玄瑞他多くの塾生が松陰のやさしさのしぶきを浴びていました。だからこそ、彼らは師の松陰が処刑されたことで、幕府への怒りが爆発し、幕末の動乱に飛び込んでいったのです。司馬さんも芦名先生のやさしさにふれ、文学のいばらの道を進むことができたと考えられます。司馬さんは芦名先生に共通するやさしさを松陰の中に見つけたのです。

吉田松陰と芦名先生が持っていた、若者の人生を変える力を持った不思議なやさしさの発見。これこそが吉田松陰の「透明な一滴」でした。

小学四年の頃から、漠然と作家になりたいと思っていた司馬さんが、「絶対に将来は作家になるぞ」に変化したのは、芦名先生のやさしさによって、文才を認められ褒められたことがきっかけだったように思えます。司馬さんが松陰のやさしさを発見できたのは、司馬さんに芦名先生に認められた体験があったからでした。

司馬さんは芦名先生のやさしさのおかげで自信を取り戻し、自分の好きな文学の道に進む勇気を持つことができたのです。

司馬さんには、芦名先生との出会いこそが自分の原点であり、それが、緒方洪庵と村田蔵六や勝海舟と坂本龍馬らに共通するものだということもわかっていました。わかっていたからこそ、普通は明かさない自分と芦名先生との話をこの講演会で話したのではないかと思います。

私はこの講演録で、以上のように芦名先生が司馬さんの人生を決定づけた先生ではないかということをおぼろげながら掴んだのですが、まだ確証はありませんでした。

確証を掴むためには、時間がかかりました。無為の数年間が過ぎてしまったのです。ところがある日曜日の夕方、その次の階段が突然目の前に現れ、私を次のステージに登らせてくれたのでした。

「人蕩し秀吉」

『司馬遼太郎の世界』という本が、私に次に上がるべき階段を教えてくれた本でした。

この本は、司馬さんの追悼企画として出版された多くの本の中の一冊でしたが、このなかに、文芸評論家の向井敏氏の「不朽の司馬日本史ベスト10」というコーナーがありました。向井氏がたくさんの司馬作品から、自分が特に感動した場面を選んだベスト10という企画です。その中の「人蕩し秀吉」(『新史太閤記』)が、その次の階段だったのです。

姫路の小寺氏の武将、黒田官兵衛が長浜に赴き、羽柴秀吉と初めて会う場面です。

官兵衛は初めて会った秀吉が自分のことをよく知って、理解してくれていることに驚きます。「(おれを、それほどまで知ってくれていたのか)官兵衛は、藤吉郎が無類の人蕩(ひとたら)しであるということを知りつつも、この感動はどうすることもできない。平素、田舎城で自分を理解されることについて激しい飢餓感をもっていただけに、藤吉郎の手厚い言葉をきいているうちに、胸がせまり、不覚にも涙を落してしまった[62]」

ここまで読んだ時、何かが私の中でひっかかりました。「おれを、それほどまで知ってくれていたのか」。一瞬、私はこの一節をどこかで読んだような気がしたのです。しばらく考えたあとで、それが一時間くらい前に読んでいた防府市の講演録の中にあったことに気がつきました。あわてて探した講演録には司馬さんが芦名先生に褒められた時の言葉の中に「そんなにおれを認めてくれたのかと感激して」がありました。

この二つの言葉は完全に同じではありませんが、よく似ています。それにもまして、この時の黒田官兵衛と司馬少年が置かれていた状況があまりにも似ています。中学生の司馬さんは英語の先生と対立し、孤立していました。司馬さんは誰かに認められることに激しい飢餓感を持っていました。

この講演会が開かれたのは昭和四十六年。『新史太閤記』も同じ昭和四十六年の刊行でした。時期もほぼ同じ、セリフもほぼ同じ。司馬さんと黒田官兵衛の置かれていた状況もほぼ同じでは、単なる偶然とは思えません。

当時の中学生の司馬さんをこの小説に重ねて読むと、官兵衛と同じように司馬さんも芦名先生に「これがお前の長所なんだ」と文才を認められ、褒められたことで号泣したのではないかと思えます。想像が過ぎるかもしれませんが。司馬さんは他の作品でもそうであったように、『新史太閤記』でも自身の体験を小説の登場人物に重ねて書いていたのです。

この芦名先生に自分の文才を認めてもらった嬉しさで泣いた体験こそが、講演会で語ったように何十年経っても芦名先生を思い出すと胸に込み上げてくる感動の源になったと考えられます。

だからこそ、司馬さんは小説の中に、芦名先生を羽柴藤吉郎に、自分を黒田官兵衛に重ねて書いたと考えられるのです。この司馬さんの感動・感激が乗り移ったような場面が事実を超えた真実であったればこそ、何も事情を知らなかったであろう向井さんをして、司馬文学の最も感動的な名場面として、ベストテンに選ばしめたのだといえます。

司馬さんはこの講演を「ここ数年考えている話を聞いていただきました」という言葉で締め括っています。この防府市の講演会は『世に棲む日日』の執筆が終わって半年ほど経ったあとに開催されたものですから、司馬さんが「ここ数年考えている話」とは、まさに『世に棲む日日』の松陰と高杉晋作のことであり、「人が人に与える不思議な影響」のことに間違いがないと思われます。

講演の最後に司馬さんは念を入れるように、「たとえ私が忘れても、皆さんの記憶の中に残ってもらうことができればと思います」と言いました。「たとえ私が忘れても」と、笑いでごまかしながらも、「自分の一生を変えてくれた大事な話をしました」ということと、「人が人に与える不思議な影響」は大事なことですから忘れないでくださいという意味を込めているのだと思います。

幻の第二の作文

講演会で、司馬さんは作文の授業は中学二年の時だったと話しています。この時の作文の授業が、例年通りに二学期の秋に行われたとすると、司馬さんの作文は、芦名先生が激賞したほどの作文でしたから、二学期の末に発行され、終業式に配布された校友会雑誌に掲載された可能性が高いことになります。

そうなれば、司馬さんが中学時代に書いた二作目の作文ということになるわけですが、残念なことに、二学期の冬に発行された第33号は非常時局特輯号でしたから、作文は掲載されなかった可能性が高いのです。また、この号は残念なことに表紙しか残っていないので、非常時局特輯号だったことがわかるだけで目次もないので、内容もまったくわかりません。残念です。

次に発行されたのは、翌年の三月発行の第34号になりますが、この号は毎年、卒業記念号と決まっていましたから、作文の掲載はなかったと考えられます。しかし、この号も学園は所蔵していないので、何ともいえないのが現状です。

ただ、学園が所蔵していなくても、戦前の上宮中学では大阪市内だけでなく、大阪の郊外や奈良県から通っていた生徒も多くいましたから、この二冊の校友会雑誌の発見がまったく絶望的というわけではありません。

郊外にあって空襲を受けなかった地域にある戦前の卒業生の御自宅にこれらが現存している可能性はわずかでもあります。もし、戦前の上宮中学を卒業された方のご遺族の方で、校友会雑誌やその他の旧制上宮中学校時代の資料をお持ちの方がおられましたら、どのようなものであってもけっこうですから、上宮学園か私までお知らせいただけたらと思います。どうか、よろしくお願いいたします。

「人間が人間に与える影響」

司馬さんが大好きだった芦名先生に自分の作文が褒められただけでなく、「これがお前の長所なんだ」と認められた時の喜びは「人蕩し秀吉」や『世に棲む日日』の高杉晋作の感動に直結していました。また、私がなかなか探せなかった芦名先生と司馬さんの間にあったはずの感動的なできごとを見つけた瞬間でもありました。

この時の感動が自然人のようだった福田少年を生まれ変わらせ、一人の男として自分の夢に向かって歩み出させたように思えます。そういった意味を自覚していたからこそ、司馬さんは話が少々奇妙なものになったとしても、どうしても、「人間が人間に与える不思議な影響」の一つの例として、自分の体験を話したかったのでしょう。

司馬さんは講演会で「人間というものは偉いもので、人間同士の影響とは恐ろしいまでのものだと、非常に強く感じた。そして朝日新聞に『花神』を書こうと思い立ったのです[11]」と話しています。また、「人間に影響を与えるということを考えますと、松下村塾もそうですね」と話しています。このように「人間同士の影響とは恐ろしいまでのものだ」と感じたことが『花神』や『世に棲む日日』を書いた動機になったと話しています。

芦名先生から受けた「やさしさ」の影響はこれだけにとどまりませんでした。芦名先生から受けた「やさしさ」の感動は、最初は司馬さん一人の個人的な体験でしたが、『世に棲む日日』の執筆が契機となって、吉田松陰のやさしさを知ったことで、司馬さんは、自分もやさしい人間となって、この感激を自分だけの体験にとどめず、苦しみ、悩んでいる若者たちに伝えたいと考えるようになったと思われます、しかし、いざ実際にそれを実行してみようとすると、それは簡単なものではなかったことを思い知ったように思われます。

そのあたりのことを、司馬さんがどこかで書いたものを読んだ記憶があるのですが、残念ながらその根拠となる文献を探し出すことができませんでした。それが「思い知ったように思われます」という曖昧な表現になった理由です。

しかし、司馬さんは、諦めませんでした。自分が芦名先生や松陰のように、生まれつき、やさしくないのであれば、やさしくなれるよう、二人に少しでも近づけるように「訓練」をするまでだと決心したようなのです。それが「やさしさの訓練」でした。この「やさしさの訓練」は私が仮に名づけたもので、司馬さんの言葉ではないことをお断りしておきます。

司馬さんは誰かのためにやさしくする訓練ではなく、自分が人にやさしくなれるように訓練を始めたと考えられます。「訓練」は練習や稽古とは違います。もっと辛く、厳しいものです。司馬さんはそんな意味を込めて「訓練」と言ったのだと思います。司馬さんはこの「訓練」を誰にも言わずに、亡くなるまで続けました。

そんな「訓練」のことを、司馬さんは『二十一世紀に生きる君たちへ』で「私たちは訓練をしてそれを身につけねばならないのである。その訓練とは、簡単なことである。例えば、友達がころぶ。ああ痛かったろうな、と感じる気持ちを、そのつど自分の中でつくりあげていきさえすればよい」。さらに、「心を非常に優しくすればわかってくるものなのです。心を優しくするためには、己をなくすことがいちばんです。〜中略〜他の人間に対して影響を与えることのできる人は、とびきり優しい心を持っている人ですね[63]」と書いています。

この言葉には、自分が長年行ってきた「やさしさの訓練」への想いがこもっているように思えます。

司馬さんがこの講演で伝えたかったのは、青史に名を遺すような人ではなくても、普通の人であっても、人を洞察する「やさしさの訓練」を行えば、そのやさしさで人を励ますことができ、人と人がつながる輪につながることができるということでした。

言い換えれば、誰でもが吉田松陰になれるということです。そして、それはやがては、社会や世界を動かすことも可能になるということでもあります。

このような「やさしさの訓練」はこの本のために頭の中で考えたことではありません。司馬さんが自分で体験し、目覚め、「やさしさの訓練」を長年実行してきた中で確信したものでした。

司馬さんはいつの頃からか、「やさしさの訓練」をみんなが行えば、21世紀の未来を変えることができると信じるようになっていったようです。『二十一世紀に生きる君たちへ』はその夢を世界中の子どもたちに託すために書いたものでした。

九　『二十一世紀に生きる君たちへ』に込めたもの

『二十一世紀に生きる君たちへ』をなぜ書いたのか

「やさしさの訓練」は、いつ頃始まったかは正確にはわかりません。おそらく、『世に棲む日日』の執筆と関係があると思われますが確証はありません。そして、名作『世に棲む日日』は二十三年後に書かれることになる『二十一世紀に生きる君たちへ』の重要な礎石になりました。

私は『二十一世紀に生きる君たちへ』は長い間、教科書会社の依頼によって書いたのだと思っていましたが、実はそうではありませんでした。司馬さんがこの本に書いた多くのことは、司馬さんが数十年にわたって考え、実行していたことがその底にありました。教科書会社の依頼が実際にあったとしても、それはきっかけにすぎず、その根は司馬さんという大地の中ですでに広く、深く広がっていました。

「モンゴルとういろう」という講演会が名古屋国際センターで開かれました。『二十一世紀に生きる君たちへ』が教科書になった二年後のことです。この講演会の最後で、司馬さんは「これからは親切が必要ですね。〜中略〜日本は人に親切にする国なんだということ以外に生きていく道はないと、最近よく考えています[65]」と話しました。

講演会の最後の締めに話したということは、司馬さんが是非とも伝えたかったのだと考えて間違いがないでしょう。この講演の二年前に『二十一世紀に生きる君たちへ』で書いた「やさしさの訓練」と関連していると考えられますし、この親切はやさしさと言い換えることができると思います。

司馬さんの「やさしさ」がこれからの日本にとって大事なことだという考えは教科書の出版から二年が経過しても変わりはありませんでした。おそらく、司馬さんが亡くなるまでこの考えは変わらなかったと思います。

司馬さんが教科書会社の編集者に原稿を渡す時に「長編小説を書くほどのエネルギーが入りました」と話したのは正直な感想だったと思います。なぜなら、この本は本当の意味で司馬さんが二十年以上をかけて、考え、実行してきたいろいろなことをつぎ込んだ作品だったからです。

司馬さんは、自分の小説を「いわば、二十三歳の自分への手紙を書き送るようにして書いた。二十余年、そのようにして書」いたと述べています。なお、この「二十三歳」が「二十二歳」となっている文献もあるようですが、私の手元にある『この国のかたち』の記述にしたがって、ここでは「二十三歳」とします。司馬さんの数多くの歴史小説は、その時々の司馬さんが若き自分に書き送った手紙でした。

私は司馬さんが二十三歳の自分へ書いた最後の手紙がこの『二十一世紀に生きる君たちへ』だったと考えています。『二十一世紀に生きる君たちへ』の最後の方で司馬さんは「もう一度くり返そう。さきに私は自己を確立せよ、と言った。自分にきびしく、相手にはやさしく、とも言った。いたわりという言葉も使った。それらを訓練することで、自己が確立されていくのである。そして〝たのもしい君たち〟になっていくのである」と書いています。

この文章は、二十三歳の自分に向かって「『やさしさの訓練』をして、やさしさやいたわりの心を身につければ、未来に生きる子どもたちは、たのもしい大人になって、いつか未来は平和で仲のよい社会を作ることができるよ」と書いているように思えます。『二十一世紀に生きる君たちへ』という書名は、世界の小学生たちに未来を託す呼びかけでした。司馬さんは決して夢想家ではありません。自分が長年行ってきた体験から導いた「人間が人間に与える影響」の大きさを確信しているからこそ、それが可能だと信じたのです。

この本こそが司馬さんが何十年もの間、考え、実践してきた「やさしさの訓練」の「透明な一滴」であり、「善悪を超越したもう一段上の自然法爾」の境地であり、司馬さんの最後の「二十三歳の自分に宛てた手紙」だったと考えられるのです。

「一枚起請文」

私は、法然上人の一切経の五回の読破が司馬さんの全蔵書読破のきっかけになったのではないかと先に書きましたが、現在は、その他にも法然上人が司馬さんに与えた影響があるのではないかと考えるようになりました。

司馬さんがこの本を書こうとした時、最初に壁となって立ち塞がったものは、小学校の国語の教科書という狭い空間にいかに短く、かつ想いを込めて書くかということだったと思います。また、いかにして小学生にも理解できるように易しく書くかということでもあります。使える漢字や言葉にも制限があったことでしょう。

加えて、司馬さんには、日本だけでなく世界の子どもたちにも読んでもらいたいという切なる願いもありました。そのため、何をどう書くかということも大きな問題でした。対象が日本の子どもだけであれば、日本の歴史のことでも書けることがあったかもしれませんが、外国の子どもも読むとなればそうはいきません。

今まで、日本の小学生用の教科書で、外国の小学生までも読者を想定して書かれたものは存在しなかったと思われます。その意味でも、この本は司馬さんの壮大な夢と野望を秘めた作品だったといえるのです。

そして悩んだ末にたどり着いたのが、中学時代に親しんだ法然上人の「一枚起請文[28]」の形を借りることだったのではないかと私は考えました。もともと司馬さんは浄土宗の宗門校である上宮中学校の卒業生ですから、法然上人や「一枚起請文」に親しんでいました。それより何より、司馬さんは「心の中に法然上人を持っている」[29]とある講演会で話したように、法然上人を深く尊敬し、理解していた方でしたから、自分がこれから書こうとしている教科書のことを考えている内に、自然と「一枚起請文」のことが頭に浮かんできたとしても、不思議ではありません。

浄土宗の重要な法語について、専門家でもない在家の人間が書くのはいささか躊躇する部分があるのですが、書かなければ話が進みませんので、自分なりに簡単に書いてみたいと思います。

「一枚起請文」と『二十一世紀に生きる君たちへ』を簡単に対比しながら、検証してみたいと思います。『二十一世紀に生きる君たちへ』は長いので『21世紀』と記載します。法然上人は法然、司馬さんは司馬と表記します。

①法然　「一枚起請文」を書いたのは、死が目前に迫っていた時でした。「一枚起請文」は法然のまさしく命の尽きる限界で書いた三三七文字でした。法然は

司馬 自分の命が旦夕に迫っていることを自覚していました。事実、法然は「一枚起請文」を書き上げた二日後に亡くなっています。数えで八十歳でした。『21世紀』が教科書として刊行されたのは、死を意識するには早いと思われる六十三歳でしたが、「ただ残念にも、その『未来』という街角には、私はもういない」と確信を持っているかのように書いています。何かしらの死の予感があったのかもしれません。また、長い文章を書く体力がなかったわけではありませんが、教科書としての制約もあり、長い文章は書けませんでした。

②法然 体力的なことや、読んでもらいたい当時の信徒たちの理解度の問題もあり、難解なものは書けませんでした。そのため「一枚起請文」には、浄土宗として書かれていて当然と思われる宗教用語でも難解なものは一切書かれていません。法然の思想上の父である善導も阿弥陀経も書かれていません。書かれているのは「観念の念」「念仏」「往生極楽」「南無阿弥陀仏」「往生」「三心四修」「二尊」「一文不知」「尼入道」「智者」「本願」「安心起行」

司馬

「浄土宗」「両手印」「邪義」だけです。これらは現代の中学生でも一度授業を受ければ、理解できそうな言葉のように思えます。
世界中の小学生にも読んでもらいたいと考えていたので、理解しやすい言葉遣いを心がけ、「鎌倉時代の武士たち」を一回使っただけで、他の日本の時代区分や有名な日本人の名前、戦乱など日本に関連したことも一切書きませんでした。

③法然

法然は「うたがいなく往生するぞと思い取りて申す外には別の子細候わず」「智者のふるまいをせずしてただ一向に念仏すべし」「皆決定して南無阿弥陀仏にて往生するぞと思ううちにこもり候うなり」といった念仏の信心の大切さだけを繰り返し説いていますが、そのほかのことは一切書いていません。

司馬

「自分にきびしく、相手にやさしく」「すなおでかしこい自己を」「いたわり」「他人の痛みを感じること」など、民族や国境を超えた、人間として普遍的なことしか書いていません。これも日本の小学生だけでなく、世界の小学生にも理解できるようにという配慮からでした。

④法然

「一枚起請文」の末尾に法然は「滅後の邪義を防がんがために所存を記し畢」と書いています。法然は死後も自分の教えが正しく伝わることを真に願っていたのです。言い換えれば、自分の信じる教えと違うものが生じることを「一枚起請文」によって防ごうと考えていたのです。だからこそ、②とも関連がありますが、解釈の相違から邪義が生じる可能性が少なく、誰にも理解できる言葉で念仏の大切さ、信仰の大切さだけを説いたと考えられます。

司馬

司馬さんには世界中の小学生たちに二十一世紀の世界に「仲よしでくらせる時代」を作ってもらいたい。そんな未来を託したいという強い願いがありました。また、その想いが間違いなく伝わるように、世界中の子どもたちにも理解できるようにと、「透明な一滴」だけを書いたのです。それが「自己を確立せよ」「自分にきびしく、相手にやさしく」「いたわり」「それらを訓練せよ」「たくましい君たち」などでした。

「こればかりは時世時節を超越して不変のものだということを書きました。日本だけでなく、アフリカのムラやニューヨークの街にいるこどもたちにも通じるか、おそらく通じる、と何度も自分に念を押しつつ書きました」は、法然上人の「一枚起請文」の末尾の言葉、「この一書に至極せり」と同じ意味だと思います。そんな想いで書いたからこそ、「長編小説を書くくらい大変でした」という言葉になったのだと思います。

以上が、私が司馬さんが「一枚起請文」を『二十一世紀に生きる君たちへ』を書く時に参考にしたと考えた理由になります。司馬さんを理解する一つのヒントになればと思います。

法然上人から受け継いだ易行

私はこれまで書いてきたように、司馬さんは中学生の頃に、法然上人の一切経読破の影響で全蔵書読破を思いつき、晩年になって、「一枚起請文」の影響を受けて、『二十一世紀に生きる君たちへ』の枠組みを考えたと考えていました。しかし最近、司馬さんが法然上人から受けた影響はそれだけではなかった、もっと大きなものを受け継いでいたのではないかと思うようになりました。

司馬さんは一九六七年の講演会において、「どうして私が心の中に法然上人を持っているかということを申しますと、これは簡単なことであります。私は浄土宗の立てた旧制中学を出ていまして、いまは、大阪の上宮高校といっているところが私の母校です」と話しています。

この言葉の大事なところは最初の部分になります。このような言葉は作家といえど、在家の人間がなかなか言えるような言葉ではないように思えます。どういう意味があるのでしょうか。

司馬さんがこの講演の時に、すでに「心の中に法然上人を持っている」と話していることは、一九六七年より以前から法然上人を胸に持っていたということになります。『二十一世紀に生きる君たちへ』が国語の教科書として書かれた一九八七年から考えると、二十年も前のことになります。

もしかすると、司馬さんは三十年以上も前から法然上人を心の中に持っていて、それが『二十一世紀に生きる君たちへ』の中に表れたのかもしれません。

それが正しいか否か、『二十一世紀に生きる君たちへ』の中の「やさしさの訓練」の部分を読んでみたいと思います。

すでに何回も書いたことですが、司馬さんの「やさしさの訓練」は『二十一世紀に生きる君たちへ』に書いてあるように「助け合うという気持ちや行動のもとのもとは、いたわりという感情である。他人の痛みを感じることと言ってもいい。～中略～その訓練とは、簡単なことである。例えば、友達がころぶ。ああ痛かったろうな、と感じる気持ちを、そのつど自分の中でつくりあげていきさえすればよい」というものでした。

ここには、難しい哲学や宗教、あるいは思想などはありません。人間の普遍的な感情を訓練によって育てていきさえすればよいと書いているだけです。それ以外のことは何も書いていません。「やさしさの訓練」には民族も国籍も性別も年齢も貧富も信仰も関係がないということです。

この「やさしさの訓練」をやりたい、やってみようと思う人であれば、たった今からでもできるものです。そういった意味で、司馬さんの誰でもできる「やさしさの訓練」は法然上人が説いた易行の考えに近いものといえるかもしれません。

法然上人は誰でもができる易行の念仏で庶民を救おうとしました。日本の浄土教の思想や信仰は法然上人以前からありましたが、それは、造寺造仏、あるいは修行、学問が必要でしたから、到底貧しい庶民が参加できるものではありませんでした。

そんなことが普通だった仏教界で法然上人が初めて、誰もが参加できる念仏を説き、広めたのです。法然上人は自分の念仏を従来の難行・苦行を必要とするものの反対側に置き、易行と呼びました。

司馬さんが説く「やさしさの訓練」もそんな易行と同じもののように思えます。司馬さんは、「やさしさの訓練」を世界中の子どもたちが行えば、国境や民族を超えて、みんなが仲よしになれる日が来ると信じていました。手あかのついた観念的な「平和」ではなく、あえて、「仲よし」になれる日が迎えられるように願いを込めて『二十一世紀に生きる君たちへ』を書いたのです。

司馬さんは、自分の考えを声高に叫びもしませんでしたし、歌も歌いませんでした。ただ、「人間の荘厳さ」の中にその想いを少しだけにじませただけでした。

蛇足になりますが、司馬さんが「心に法然上人を持っている」といっても、それは浄土宗を信仰しているということではありません。別の話です。現に司馬さんのお墓は、京都東山の真宗の墓地の一角にあります。

「一枚起請文」と「御文」

読者の中には、『二十一世紀に生きる君たちへ』に影響を与えたのが「一枚起請文」の可能性があるのならば、浄土真宗の蓮如の「御文[67]」にもその可能性があるのではないかと考える方がおられるかもしれません。

確かに「御文」は「一枚起請文」に似ている部分が多くあります。浄土真宗は法然上人の弟子の親鸞が開いた宗派ですし、「御文」を書いた蓮如はその親鸞の八世の子孫であり、その中興の祖と称される人物でもあります。しかし、決定的に違うところがありますので、簡単に説明してみたいと思います。「御文」は真宗の各派によって、呼び方は違っていますが、ここでは「御文」で統一したいと思います。

① 法然上人が八十歳で亡くなる直前に書いたものが「一枚起請文」でした。書いた目的は「滅後ノ邪義ヲ防ガンガ為メ」、つまり法然は、自分の死後、浄土宗の混乱を防ぐためにこの「一枚起請文」を書きました。蓮如は「御文」を壮年期（四十四歳くらい）から書き出して、老年になるまで書いています。衰えていた宗派の宗勢拡大のためというポジティブな理由が目的でした。

② 「一枚起請文」は法然上人の遺書なので当然、一通だけしかありません。蓮如は「御文」を二百数十通以上書いたといわれていますし、代表的なものを選んだという「五帖御文」だけでも八十通あります。

③ 「一枚起請文」は易しい漢字交じりの平仮名で書かれています。「御文」も同じ漢字交じりの平仮名で書かれています。ここは同じです。

④ 「一枚起請文」の内容は念仏の信仰の大切さだけを説いていますが、「御文」は

真宗の教えばかりではなく、門徒たちをとりまく政治状況や生活信心の持ち方など内容は多岐にわたっています。

以上のように、「一枚起請文」と「御文」は同じ浄土教の流れをくむ宗派の法語とはいいながら、この二つの法語は、その目的や内容、書かれた数なども大きく違っています。これらから、司馬さんが『二十一世紀に生きる君たちへ』を書いた目的や内容を考えてみても、蓮如の「御文」ではなく中学校時代に親しんでいた法然上人の「一枚起請文」をモデルにした可能性が高いといえるでしょう。

司馬さんは「法然と親鸞」という講演会[29]において「大人になって物事を自分で考え、求めるようになってきますと、ぼんやりと法然上人の偉さがわかってきた。そういう中学を出たおかげでもあります」と話しています。また、別の講演会[66]では「中学校時代に暗唱した三三七文字の『一枚起請文』が今でもそらんじられますよ」と話した記録もあります。

このように、司馬さんには上宮中学で身につけた法然上人の思想がしみ込んでいて、

『二十一世紀に生きる君たちへ』を構想する中で、心の中に持っていた法然上人が自然と「一枚起請文」を使うことを指し示したのかもしれません。

「卒業片言」

司馬さんが中学卒業時に書いた「卒業片言」[14]がひそかに姿を変えて存在していることに気がついたのは、もうかれこれ十年ほど前のことになります。それは『二十一世紀に生きる君たちへ』の末尾[68]のページの最後に隠れていました。

大事なことを作品の末尾かあとがきに書く癖があることは、すでに何度もふれていますが、このときもそうでした。この一節も何度も読んだはずでしたがまったく気がつかず、このときになって何かが引っかかったのです。数回読みなおして、思わず「あっ」と声を上げてしまったことを思い出します。最後の部分に司馬さんが中学卒業時

福田定一
希望は天上にあり、實行は脚下にあり
後生須らく實行の人たれ。

学級写真[86]と「卒業片言」

に書いた「卒業片言」が隠れていたからです。

この最後の一節が「卒業片言」と本当に似ているか、比較してみたいと思います。

「卒業片言」は三行に区分できるので、この末尾の一節もわかりやすいように三行に区分しました。

卒業片言①＝希望は天上にあり
21世紀＝君たち。君たちはつねに晴れあがった空のように、たかだかとした心を持たねばならない。
卒業片言②＝実行は脚下にあり、
21世紀＝同時に、ずっしりとたくましい足どりで、大地をふみしめつつ歩かねばならない。
卒業片言③＝後生須らく実行の人たれ
21世紀＝書き終わって、君たちの未来が、真夏の太陽のようにかがやいているように感じた。

前の二つは内容的に対応しているように思えますが、③だけが対応していないように思えます。しかし、「後生須らく実行の人たれ」の後に③の「君たちの未来が真夏の太陽のようにかがやいているように感じた」と続けてみたらどうでしょうか。「後生須らく実行の人たれ」(お願いだから、実行の人になってほしい)、そうすれば、「君たちの未来が真夏の太陽のように輝いているように感じた」となります。

このように考えると、この二つは見事に対応しているように思えます。これは決して偶然ではなく、司馬さんが大切にしてきた「卒業片言」を未来に生きる子どもたちのために現代風に作り変えた結果なのだと思います。

また、「卒業片言」の第一句目の「希望は天上にあり」は「志」を意味し、「実行は脚下にあり」はその「覚悟」を、最後の「後生須らく実行の人たれ」は「さらなる覚悟と実行」を求めていると読み取ることもできます。

司馬さんは何を志し、どんな覚悟を持ち、何を実行しようとしたのか。答えは一つしかありません。司馬さんは「卒業片言」において、小説家になることを志し、その厳しい道を乗り越えるために必要なことを実行する覚悟を宣言しましたが、『二十一世紀に生きる君たちへ』では、未来の世界が明るく輝くための努力を未来に生きる子どもたちに説きました。

司馬さんは、生涯にわたって大切にしてきたものを、自分の遺書と考えたこの著作の中にひそかに贈ってくれていました。

「やさしさの訓練」

司馬さんが『二十一世紀に生きる君たちへ』の中で書いていることを簡単にまとめると、次のようなことになるかもしれません。

司馬さんは相手へのいたわりの感情として、友達がころんだ時に感じる自然な気持ちを大切にしてほしいと言っています。ただ、このいたわりややさしさの感情は決して本能ではないので、訓練で身につける必要があります。

この訓練という言葉は、司馬さんのインタビューや司馬さんをよく知る和田宏さんや半藤一利さんの著作によく出てくる言葉ですから、司馬さんを理解する上で重要なキイワードになる言葉だと考えられます。

たとえば中学時代の速読術の習得について、半藤一利氏が「(速読術が)いかにすれば、その技が身につくものか」と聞くと、「答えはあっさりしたものでした。『訓練です』」の一言でした。

また、和田宏さんは、司馬さんから聞いたことや司馬さんを見て感じたことを数多く書き残しています。少しだけ抜き出してみます。

①「論理的に考えるには、日ごろからそのように話す癖をつければいい」

②「日々よほどの負荷を自分に課していた。心の中にある種の電流を通さない抵抗器を設けていた。日常的に訓練をしていたと見るほうが自然である」

③「自分をそこまで律するのは、ただごとではない気がする。それには大変なエネルギーがいるはずで、その根底にあるものは何だろう。ときに、これについては戒律を守っている宗教家の雰囲気すらあった」

④「司馬さんに初めて会った人は、まずその謙虚さに驚かされるであろう。自己

顕示欲やナルシズムなどまるでないかに見える。とにかく、私は後にも先にもこんな人に会ったことがない」

司馬さん自身も『峠』の中で、河井継之助を借りて「志を守り抜く工夫は、日常茶飯。自己規律の中にある」[69]と書いています。

これらの言葉の中だけで、「癖」、「負荷」、「抵抗器」、「戒律」「謙虚」といった自己規律や訓練に簡単に変換できるような用語が出てきます。それらの重要性に気づくことができたのは、和田さんが司馬さんを人生の師と仰ぐほど尊敬し、司馬さんを深く見つめていたからに他ならないでしょう。

これらのことからわかるように、司馬さんの人生は自己規律・訓練の中にありました。その中でも司馬さんが特に重要だと考えていたのが「やさしさの訓練」でした。人の心の奥深い処に眠る美質、個性、夢を洞察し、励ますことにその目的がありました。それは時間制限なしの無言実行の訓練でもありました。

「やさしさの訓練」ということで、思い出したことがあります。どの本で読んだのか忘れてしまいましたが、みどり夫人が何かのインタビューで次のようなことを書いていたと記憶しています。

司馬さんと朝の散歩に出かけると、途中の喫茶店で休憩をとることが多かったそうです。そんな時、お二人は喫茶店の窓から街を行き交う人々の職業や日常を想像して話し合ったそうです。

この遊びのようなやりとりの中に、司馬さんが、喫茶店の窓から見える人々の佇まいから何ごとかを洞察する「やさしさの訓練」を行っていたように見えるのは私だけでしょうか。

「トランスネーション」

『二十一世紀に生きる君たちへ』の中で司馬さんは「君たちは、いつの時代でもそうであったように、自己を確立せねばならない。——自分にきびしく、相手にはやさしく。という自己を。～中略～他人の痛みを感じることと言ってもいい。やさしさと、言いかえてもいい。『いたわり』『他人の痛みを感じること』『やさしさ』みな似たような言葉である」と書いています。

この頁だけで「やさしさ」を二回繰り返して使っていることに注目したいと思います。この「やさしさ」や「いたわり」が司馬さんにとっての重要なキイワードでした。

メジャーリーグで活躍している大谷翔平選手が試合中にゴミを拾うといった振る舞いがアメリカで大きな話題になっていることを聞いたことがあります。また、サッカーの国際大会に応援に来た日本人たちが、勝ち負けに関係なく、試合後のスタジアムを掃除したり、選手たちがロッカーをきれいにすることが、国際的なニュースになったりすることがよくあります。

このようなことは、日本国内ではサッカーだけではなく、他の競技でも普通にあることなのですが、海外のメディアの反応を見ると、日本特有のこととして評判だそうです。このニュースの最後には、この日本人のあと片づけが外国人の感動を呼び、外国にまで掃除やあと片づけが広がっているとありました。

こういった日本人の「やさしさ」や「いたわり」あるいは競技へのリスペクトなど

の底に流れているのが、司馬さんの言う「トランスネーション」なのかもしれませんし、司馬さんが若き薩摩焼宗家・十五代沈壽官さんへ書いた手紙にある「強く日本人でいる」の意味なのかもしれません。

沈壽官さんはあるインタビューで、司馬さんからもらった手紙を引用して、「今の日本人に一番大切なことはトランスネーションだというんです。～中略～しかし、そのためには、強く日本人でなければいけないというのです。『強く』は『強い日本人』ではないんです。『強く日本人でいる』、それは日本の文化や日本の伝統、習慣、日本人が求めている美しさというものは、きちっと身に収め、なおかつ韓国や中国の心、あるいは悲しみをくみ取れる人間じゃないとダメだと。それがトランスネーションの一つだというんです。司馬先生は年少の頃から心掛けて、自分を一個の人類に仕立て上げたつもりですと書いてありました」

また、『僕は僕で一人の男として一人の人間としてどう生きるかを決めるかを自分で決めることなんだ。と思えたときに「沈」という苗字を背負うことに対しての迷いはふっきれました』[70]とも話されています。

この「強く日本人でいる」は『二十一世紀に生きる君たちへ』で司馬さんが説いた鎌倉武士の「たのもしさ」に通じるように思いますし、「やさしさの訓練」をすることで、世界の小学生たちに「やさしさ」や「いたわり」が育ち、世界中に広がれば、やがては世界中に仲よしの花が咲くであろう。それが、司馬さんの言うトランスネーションの目的なんだと思います。

相手を思いやる心、「やさしさ」「いたわり」は、本当に個人の小さな力かもしれませんが、それこそが、人を感動させ、世界を動かすものなのかもしれません。

令和五年にＮＨＫのＢＳで『司馬遼太郎 雑談「昭和」への道』という番組の再放送が十二回にわたってありました。司馬さんはこの最終回においてもトランスネーションと訓練について話していました。最終回に話しているということは、司馬さんが絶対に伝えたかったことなのだと思います。

司馬さんは『二十一世紀に生きる君たちへ』の編集趣意書である「人間の荘厳さ」の中に、「こればかりは時世時節を超越して不変のものだということを書きました。日本だけでなく、アフリカのムラや、ニューヨークの街にいるこどもにも通じるか、おそらく通じる、と何度も自分に念を押しつつ書きました」と書いています。

おそらく、この司馬さんの言葉の背景には、司馬さんのトランスネーションの思想があり、加えて、司馬さん自身が永年実践してきた「やさしさの訓練」から得た確信があると思われます。

私がこの『二十一世紀に生きる君たちへ』を素晴らしく思うのは、司馬さん自身が救われたやさしさの体験と、小説家として見続けてきた「人間と人間の不思議な鎖の輪」をもとに、「やさしさの訓練」の実践によって世界中が仲よくなれる方法を、未来の子どもたちへ託すべく、平易に書いた文章だからです。

第三章

司馬遼太郎の残した種

十　司馬さんのキイワード

中学時代の「一生の時間割」

司馬さんの一生は天上に輝く希望の星を見つめながら、長い坂道を一歩ずつ歩いて上っていったような人生でした。この長い坂道を迷わずに歩き通すには、道標、つまり「一生の時間割」が必要でした。司馬さんにとって、「一生の時間割」は究極の目的である作家になるという「志」を達成するために必要な道標だったのです。

司馬さんはその時々の課題を達成するための「厳密な計算」をしながら、坂道を上っていきました。司馬さんが単なる理想主義者でなく、現実主義者だったことがわかります。多くの理想主義者は「厳密な計算」を持たないどころか、「厳密な計算」を自分の理想を汚すものと考えることが多いように思えます。

あるインタビューで、司馬さんは「漠然としたものだけれど、私は小学校四年生ぐらいから、将来は作家になろうと思っていたようですね。といって具体的にどうというわけではなく」[45]と話していますので、具体的な課題と考えられる「一生の時間割」を立てたのは、小学校時代ではなく、中学時代だったと思われます。ただ、この中学時代に立てた「一生の時間割」がどのようなものだったのかは具体的にはわかっていません。ただ想像できるのは、中学の二年のある日、作文の授業において、芦名先生に作文を褒められた後、将来、自分は絶対に小説家になるぞと覚悟を決めたのではないかということと、「一生の時間割」には「全蔵書読破」が存在したであろうということだけです。

ただ、司馬さんが書き残したわずかな証拠らしいものをつなぎ合わせて浮かび上がってきたのは、作家になることを最終目標に据えた「一生の時間割」でした。その「一生の時間割」は、中学時代に「全蔵書読破」、次に「大阪外語進学」、大学卒業後は「新聞社に就職」、そして「十年間の社会勉強と小説家修行」があり、最後が「小説家になる」ことだったのではないかということです。

これらの「一生の時間割」の一つひとつの時間割を達成することは非常な困難が伴

いました。その困難を司馬さんは「厳密な計算」を使いながら、一つひとつ達成していったと考えられます。

最初の課題である「全蔵書読破」を達成するためには、欠くことのできないものがありました。速読術です。この速読術も「厳密な計算」のもと、早い時期から習得に努めたと考えられます。速読術のおかげで全蔵書読破は急速に進みましたが、中学在学中には終えられず、全蔵書読破が完了したのは、昭和十八年の大学を仮卒業する頃でした。[25]

司馬さんは中学時代の最後の「卒業片言」の中に人知れず、「作家宣言」を忍ばせていました。これは自分の夢の達成のために、今まで以上のさらなる努力の実行、強い覚悟を自分に求めたものでした。

上宮中学校という港を出港した司馬さんは、「卒業片言」を胸に掲げて、作家をめざす航海に出ていくことになりますが、次々と来襲する荒波に翻弄されます。司馬さんはその荒波を「厳密な計算」を使って乗り越えていったのです。この荒波の詳しいことはすでに、旧制大阪高校受験、「厳密な計算」と旧制弘前高校受験の項に書きました。

目標達成シート

私が「一生の時間割」なる言葉を初めて知ったのは、司馬さんが直木賞を受賞した五年後にあった「小説を書き始めた頃[45]」というインタビュー記事を読んだ時でした。そのインタビュー記事で、司馬さんは小説家になるまでを振り返って、「実際は十二年ほどかかりましたが、だいたい計画どおりでしたね」と話しています。また、「私の場合、一生の時間割りどおりに事が運んでいると思いますが、運もよかったと思っています」と重ねるように話しています。

司馬さんはここで、「計画どおり」、「一生の時間割」の二つを使っていますが、『この国のかたち』第五巻[43]のあとがきでは、「私にも人生の設計があった。しかしそれらは一挙に雲散霧消した」と書いています。

この「人生の設計」も「一生の時間割」や「計画どおり」と同じものだと考えられますので、「一生の時間割」は確実に大学時代には存在したと思います。では、中学時代はどうだったのかといえば状況証拠ながら、前章でも書いたように「一生の時間割」はすでに中学時代にあり、始まっていたと私は考えています。

全蔵書読破は中学から始まっていますし、それが大学まで継続的に行われ、達成されているということからも、計画的なものだったことがわかります。また、仮説になりますが、大阪外語の蒙古語部進学も中学四年の大阪高校受験以前から計画され、三年かかって実行され、合格に至ったことが考えられますので、大阪外語進学という課題も存在していた可能性は高いと思われます。

以上のことから、どちらも中学時代に始まり、数年間かけて実行され、達成されていることから、状況証拠ながら、「一生の時間割」が中学時代に存在した証拠になるのではないかと思います。司馬さんはこのような「一生の時間割」に基づいて、自分の未来を切り開いていきました。

「厳密な計算」は弘前高校受験の話の中で一度だけ出てくる言葉ですが、「厳密な計算」とは「一生の時間割」の課題を達成するためのより具体的で継続的な手段を指すものと考えられます。

この「一生の時間割」や「厳密な計算」のことを考えていた時、大谷翔平選手の目標達成シートのことを知りました。目標達成シートは、別名、マンダラチャートというそうです。密教の曼荼羅に似ているところから名づけられたのでしょう。

この大谷選手の目標達成シートは司馬さんの「一生の時間割」「厳密な計算」に似ているように思えます。「一生の時間割」の具体的な内容はわかりませんが、その目的や課題の立て方はよく似ているように思えます。

大谷選手が高校時代に作ったという「目標達成シート」は9×9、総計81のマスで構成されていて、その中心には最終的な目標である「ドラ1、8球団」（プロ野球ドラフト会議1位指名8球団）と書かれていたそうです。

この大目標を取り囲むように「運」「人間性」「メンタル」「体づくり」「コントロール」「スピード」「キレ」「変化球」の八つの中間目標が書かれ、各々の周りにはそれを達成するための具体的な小さな目標が配置されているそうです。これらの要点は心の持ち方で左右する「運」「人間性」「メンタル」が書かれている点にあります。驚くべきことにこの目標達成シートには、現在メジャーリーグで賞賛されている大谷選手の行動「ゴミひろい」「礼儀」「仲間を思いやる心」などが書かれていました。

大谷選手のメジャーリーグでの試合中の行動を見ていると、大谷選手はメジャーリーガーになった今も、アメリカの自宅の壁にはメジャーリーグ版の「目標達成シート」が貼ってあるのかもしれません。

司馬さんは、中学時代に「一生の時間割」を作った時、大目標に「小説家になる」を据え、中目標（「一生の時間割」）に「全蔵書読破達成」「大阪外国語学校・蒙古語部合格」「蒙古語習得」「新聞記者になる」「十年間の社会勉強の実行」などを設定して、小目標（厳密な計算）には「全蔵書読破」の場合でしたら、「図書館の館外貸し出しは必ず三冊のこと」「速読術の習得」「図書館は夜九時まで」「修学旅行不参加」などがあったのかもしれません。

司馬さんは作家になる大目標を達成したあとは、新たな大目標として「二十三歳の自分への手紙を書き送るように小説を書く」を立て、「このあたりが戦場になれば、まず死ぬのは、兵士よりもこの子らなのである。終戦の放送をきいたあと、なんとおろかな国にうまれたことかとおもった。（むかしは、そうではなかったのではないか）」[71]という疑問を解き明かすために、作品という手紙を書き続けたのかもしれません。

「シン・厳密な計算」

司馬さんは『梟の城』で直木賞を受賞したことで、新進気鋭の作家として認められ、プロの作家の仲間入りを果たしましたが、だからといって、役目を終えた「一生の時間割」「厳密な計算」を手放すことはなかったと思われます。逆に、「シン・一生の時間割」「シン・厳密な計算」として、ますますその重要度を高めていったように思えます。

人気作家となった司馬さんには多くの執筆依頼が殺到しました。殺到する執筆依頼をさばくのは、みどり夫人がされたと思いますが、実際に作品を並行して執筆するには、作品を交通整理したり、よりスムーズに書くための具体的な予定を司馬さん自身が考える必要がありました。

長編小説を仮に四巻以上の作品と定義すると、司馬さんが生涯で書いた長編小説は五作品になります。年代順にすると、順に『竜馬がゆく』『国盗り物語』『坂の上の雲』『翔ぶが如く』『菜の花の沖』の五作品になります。

これらの五大長編小説の合間にはさらに多くの短編やエッセイなどが書かれていますので、これらを渋滞しないように書くためには、よほどうまく交通整理する必要があります。史料の収集や資料整理、その他の作業のための秘書を持たなかった司馬さんは、厳密に行程を考える必要がありました。

これら長編の五作品に限定して、執筆にとりかかった年齢、巻数、執筆期間、出版年、掲載媒体を年代順にまとめてみたら次のようになりました。

『竜馬がゆく』　三十九歳／全五巻／約五年／1962年6月-1966年5月／産経新聞
『国盗り物語』　四十歳／全四巻／約四年／1963年8月-1966年6月／サンデー毎日
『坂の上の雲』　四十五歳／全六巻／約五年／1968年4月-1972年8月／産経新聞
『翔ぶが如く』　四十九歳／全七巻／約五年／1972年1月-1976年9月／毎日新聞
『菜の花の沖』　五十六歳／全四巻／約四年／1979年4月-1982年1月／産経新聞

『竜馬がゆく』が始まった約一年後に、『国盗り物語』が始まり、『竜馬がゆく』の終了とほぼ同時に『国盗り物語』も終了しています。そして二年後、『坂の上の雲』が始まり、これが終了する七か月前に『翔ぶが如く』が始まっていることがわかります。

つまり、『竜馬がゆく』と『国盗り物語』はほぼセットのように書かれ、それらが済むと二年おいて『坂の上の雲』が、そしてリレーのバトンを渡すように『翔ぶが如く』が始まっていることがわかります。

そして、最後の長編作品である『菜の花の沖』は『国盗り物語』のあと、二年おいて『坂の上の雲』が始まったように、二年半後に始まります。『菜の花の沖』だけがセットでもなく、リレーでもなく独立して書かれた理由は、二作品をリレーで書くのが、あまりにも過酷だったため、骨休みの意味があったのかもしれません。

このように五作品を年代順に並べてみると、この二十年間がいかに小説家として充実した期間だったのかが、改めてよくわかります。この五作品の内、四作品が幕末期・維新期、明治初期、明治中末期の時代になるのですが、微妙に時代がずれているだけでなく、主人公の出身も土佐、薩摩、伊予、阿波と違います。

彼らの身分は下級郷士や武士、船頭であって、本来ならば、世を動かす身分ではありませんでした。この点は共通しているのですが、多くの点、彼らが活躍した時代、身分、果した役割は少しずつ違っていました。

特に『菜の花の沖』の主人公の高田屋嘉兵衛は、執筆開始当時、世間にほとんど知られていなかった無名の淡路島出身の北前船の船主でしたし、テーマも幕末の最初期の日露交渉史の話でしたから、重要ではありますが、やや地味な感じがする作品でした。

この五つの長編作品だけを見ても、司馬さんは、前述の「二十三歳の自分への手紙」の「むかしは、そうではなかったのではないか」という疑問の答えを探すために、あえて、戦国から幕末、明治の時代を微妙にずらしながら書いた結果のように思えます。

そう思えば、これらの作品を独立した作品として読むより、司馬さんの二十三歳の手紙を読むように、あるいは司馬さんの疑問の答えを一緒に探すように読めば、一味違う読書の楽しみを味わえるかもしれません。

司馬さんはこの一覧表から見る限り、長編作品のすべてを四年から五年で完成させています。これら五作品の内、『国盗り物語』以外はすべて日刊紙に連載された作品でした。

『竜馬がゆく』『国盗り物語』については、新聞と週刊誌という媒体の違い、掲載周期の違い、扱う時代の違いがあり、さぞこの二作品を書くのは難しかったのではないかと想像されます。

そんな司馬さんが作ったであろう「シン・厳密な計算」が実際はどんなものだったのかという疑問の答えは司馬さんの書庫の中に存在すると思います。いつの日か、その内容が明らかになる日が来るのを楽しみに待ちたいと思います。

「志」と「覚悟」

司馬さんは小説の中で、実に多くの志や覚悟を書いていました。たとえば、『竜馬がゆく』には「人間というものは、いかなる場合でも、好きな道、得手の道を捨てはならんのじゃ」とか「男子は生あるかぎり、理想を持ち、理想に近づくべく、坂を登るべきである」。あるいは、「いったん志を抱けば、この志に向かって事が進捗するような手段のみをとり、いやしくも弱気を発してはいけない。たとえその目的が成就できなくても、その目的の道中で死ぬべきだ。生死は自然現象だからこれを計算にいれてはいけない[72]」といったように枚挙にいとまがないくらい、「覚悟」や「志」を散りばめています。

特に「人間というものは、いかなる場合でも、好きな道、得手の道を捨ててはならんのじゃ[72]」はややもすれば、弱気になりがちな自分を「自分の文才を信じよ」と鼓舞した言葉のようにも思えます。また、「この志に向かって事が進捗するような手段のみをとり[72]」の「事が進捗するような手段」とは「厳密な計算」を念頭に置いて書いているようにしか思えないものもあります。

これだけ書いているということは、司馬さんが強い「覚悟」を持って、自信満々で小説を書いていたように思われる方もいるかと思いますが、そうではありません。

司馬さんは「小説というものは、迷っている人間が書いて、迷っている人間に読んでもらうものです」と書いているところから考えて、覚悟と志を見失い、悩みの沼をさまよった経験が何度もあり、自分を鼓舞するために書いたのではないかと推測されます。

司馬さんは自分の美意識を支えにして、かろうじて、覚悟や志を守っていたのかしれません。そう考えれば、これらの多くの言葉の中から、超人・司馬遼太郎ではない、苦悩する司馬遼太郎を見ることができるのかもしれません。

司馬さんは卓越した才能以外に強い「志」と「覚悟」を胸に抱いて前に進んだからこそ、小説家になることができ、作家として成功することができました。しかし、そのかわり、その過酷なストレスは「氷のような孤独」となって司馬さんに跳ね返ってきたと思えてなりません。

私が司馬さんの書いたものを読んできて思うのは、司馬さんは思想的には法然上人や親鸞の浄土教的な思想を好みながらも、気質的には「自力」の人だったのではなかったかということです。司馬さんは徹頭徹尾、論理の人でした。そして、「只管」「訓練」の人でした。浄土教ではなく、禅宗。それも栄西ではなく道元に自分に近いものを感じていたように思えます。司馬さんの現在の禅宗への厳しい言葉は、道元が好きすぎたがゆえの反作用のように思えます。

司馬さんが大事にしたのは論理的な思考であり、継続でした。論理的に考え、諦めず、継続し続けることが司馬さんの「自力」「只管」「訓練」でした。司馬さんが生涯でなし遂げたことや一つ一つの行動も「論理」や「只管」の側面から理解できるように思えます。

和田宏さんは、福島靖夫氏の遺稿集のなかの数学者の岡潔氏が司馬さんに宛てた手紙にあった、「あなたの文章が作家、学者を入れて、一番数学のできる人の文章だ」を、司馬さんが大変喜んだという逸話を紹介しています。おそらく司馬さんは、岡潔氏の言葉に我が意を得たりと思ったのでしょう。

司馬さんは和田さんに、論理的に考えるには「まずそのように話す習慣をつけろ」と語ったといいます。習慣に「くせ」とルビがふってあったといいます。「たとえば会社で起きたことを奥さんに話すときでも、相手の頭に入りやすいように論理的に筋道を立てて話す習慣をつけることだという」。おそらく、これなども、司馬さんが自分の訓練として、論理的な考え方や書き方を日常茶飯の中に貫いてきた証しなのです。

司馬さんは「志を守りぬく工夫は、日常茶飯。自己規律にある」と書いています。「習慣」「くせ」「論理的」「訓練」「自己規律」などは、「一生の時間割」に挑戦し続ける中で身につけたものなのか、それとも生得のものなのか、あるいは両方だったのか。解くべき謎がまた一つ増えたようです。

「この国をどうする」

司馬さんが『二十一世紀に生きる君たちへ』で説いた「やさしさ」や「やさしさの訓練」は『二十一世紀に生きる君たちへ』を書くために新しく作ったものではありません。それどころか、司馬さんはその何十年も前から、この「やさしさの訓練」を行っていたのです。

その具体的な証拠が『夕刊フジ』に連載された「この国をどうする」[73]というインタビュー連載記事にありました。サブタイトルは「司馬遼太郎と私」。「この国をどうする」は司馬さんが亡くなった二か月後の平成八年四月六日から平成九年二月十一日までの約十か月間、一九九回にわたって三十二人にインタビューした記事を連載するという一大企画でした。『夕刊フジ』の本気と意気込みが感じられる企画でもありました。

司馬さんが亡くなった直後、新聞・雑誌・テレビなどに司馬遼太郎追悼の記事や番組があふれましたが、そのほとんどは一回きりの企画だったため、司馬さんの考えや行動の深いところまで迫った企画はあまりありませんでした。しかし、この「この国をどうする」は違いました。

「この国をどうする」は期せずして、司馬さんが「やさしさの訓練」を長期間にわたって実践してきたことを証明することになりました。

「この国をどうする」のインタビューを受けられた方は、作家が十二名、雑誌編集者・新聞記者（みどり夫人含む）六名、大学教授七名、陶芸家一名、企業経営者三名、同級生二名、一般人一名。総計で三十二人でした。

このような新聞や雑誌記事は、本人が書いた日記や手紙などとは違い、歴史学では人の手が入った編纂物とみなされて二次史料に分類され、史料的評価は低いとみなされることが多いのですが、しかし、今回の記事は以下の理由で信用に足るものと考えました。

①インタビューされた時期が司馬さんの亡くなった直後であること。

②二百回に及ぶ連載であるので、捏造やあやまりがあれば、途中で謝罪記事が掲載されたり、打ち切りになった可能性が高いと思われますが、そのような事実はないこと。

③記事は証言者が自分と司馬さんとの個人的なことを述べたもので伝聞記事ではないこと。

④証言者の内の二十五人が新聞記者、編集者、作家、大学教授などでマスメディアに詳しく、その対応方法を熟知している方が多いこと。

⑤記事の掲載回数は二十五回のみどり夫人を除くと、五回以上の方が十七名を数え、丁寧な取材が行われたことがうかがわれること。

⑥全インタビュー記事はすべて署名記事であること。

⑦ この記事はのちに『司馬遼太郎の『遺言』』として扶桑社から出版されていること。

この記事の特筆すべきことは、インタビューを受けた三十一名の内、実に四割に及ぶ十三名の方が司馬さんに励まされたり、具体的に助けてもらったという経験をお持ちだということです。助けられた、励まされたという方々の多くは新聞記者や雑誌の編集者や一般の方が多かったように思います。大学教授ではドナルド・キーン氏以外はおられないようです。

また、皆さんが司馬さんとおつきあいがあった時期は、中年から亡くなるまでの長期間にわたる間のことであり、特定の期間ではないので、長期間にわたって、司馬さんの「やさしさの訓練」が続けられたことも示唆しています。

司馬さんが実践してきた「やさしさの訓練」が具体的にどのようなものだったか。その中から少しだけ、記事から紹介したいと思います。

沈壽官（薩摩焼宗家十四代）

「一年間の修行を終えた息子が司馬先生に報告の手紙を出しましたら、司馬先生からていねいな励ましの手紙が届きましてね。息子はポロポロと涙を流し、私と家内も目に涙をいっぱいためて読みました」

バルダン・ツェベクマ（『草原の記』の主人公）

「モンゴル人だから、モンゴルで生きる、という私の気持ちを理解してくれたのが司馬先生でした。日本人でここまで理解してくれたのは、モンゴルが好きでモンゴルの歴史をよく分かっていたからだと思っています。私の人生や運命を、モンゴルという国の歴史を重ね合わせてよく理解してくださったという意味で、司馬先生にはとても感謝しているんです」

青木　彰（東京情報大学教授）

「『ぼくも産経をやめて大学に行くことになりました。ついては餞別として、産経に一回だけ小説を書いてほしい』とお願いしたんです」――その餞別が『菜の花の沖』だった、というわけですね」〜中略〜「司馬さんが『ぼくが君にやってあげれることはこういうことだ』といって一つの提案をしてくれました。〜中略〜「向こう一年間、毎月一回、ぼく（司馬さん）が上京するから東京赤坂の料亭で会をもとうということでした。〜中略〜費用はすべて司馬さん持ちで、そのような会を一年間続けようと言ってくれたんです」

ドナルド・キーン（コロンビア大学名誉教授）

「『明治時代の〝朝日新聞〟はたいした新聞ではなかったけれども、夏目漱石を雇うことによっていい新聞になりました。いまの〝朝日新聞〟はドナルド・キーンを雇わなければいい新聞にはならない』と（笑）」〜中略〜――蟠桃賞の第一回を受賞されていますね。「私がどうして賞をいただけたのか、それははっきりとは分かりません。恐らく司馬さんの影響（推薦）がかなりあったのではないかと思います」〜中略〜「いつも私を励ましてくれた恩人です」

『夕刊フジ』以外にも、司馬さんのやさしさがよくわかるものがありましたので紹介します。上田正昭氏の『司馬遼太郎回想』[74]です。上田さんによると、司馬さんは在日朝鮮人の実業家、鄭貴文・鄭詔文兄弟と知りあった中で、『日本のなかの朝鮮文化』の編集に積極的に関わり、多くの座談会に参加、高麗美術館理事も務めました。司馬さんは「『日本の中の朝鮮文化』とその催しのたぐいは別事であった」「こればかりは隣の民族への奉仕と思っての例外のたぐいでした」と語っています。

以上のように、「やさしさの訓練」は通り一遍のものではありませんでした。司馬さんのやさしさは、その人を深く洞察し、理解した上で励ましの手紙を書き、場合によっては青木彰氏やドナルド・キーン氏、あるいは鄭貴文・鄭詔文両氏の場合のように具体的な援助や協力を惜しまないといったものでした。

また、瀬戸内寂聴氏は別の新聞の追悼文で「私が出家後に病気したときに励ましの会を開いてくれた。司馬さんは困っている人、傷ついている人に手を差し伸べ、陰徳を積まれた人だった」と書いています。

「やさしさの訓練」は少なくとも二十年以上にわたって続けられたと考えられますので、何の根拠もありませんが、司馬さんに激励の手紙やはがきをもらった人だけでも、優に百人を超えるのではないでしょうか。何しろ、私のようなものでも、そのやさしさにふれたことがあるのですから。

この連載記事が発表されるまで、司馬さんのこれらの行為が世間に知られることはありませんでした。ましてや、そのやさしさの裏に司馬さんの「やさしさの訓練」があったことはまったく知られていませんでした。

なぜなら、司馬さんはそのことについて一言も話しませんでしたし、助けられた人も、個人的なことなので誰にも話さなかったからです。「この国をどうする」の連載が世に出たことで、司馬さんのやさしさが初めて世に知られることになったのですが、その奥にある「やさしさの訓練」までは知られているとはいえないようです。

洞察力

神戸在住の作家、田辺聖子さんは司馬さんと長い交遊関係があった方でした。その田辺聖子さんの随筆集『楽老抄』[64]に司馬さんの人蕩しについて書かれた文章があったので紹介したいと思います。『楽老抄』の中の「人蕩らし」の一節です。

司馬さんは「心にもないことは決していわれないかただった。人がとろッと蕩らされてしまうのは、自分がひそかに自負している点を指摘されるからである。（わかってもらえた）といううれしさに、思わずとろけてしまう。司馬さんはそれを惜しみなく放出するかただった。人の自負するところをよく洞察し、それが不当でなければ称揚するのにやぶさかでなかった。だからみな、司馬さんに声をかけられホメて頂くと、とろッととろけてしまうのであった。――実をいうと私も司馬さんにたびたび、蕩らされた。～以下略」

さすが田辺さんならではのエッセイと思わざるを得ません。この「自分がひそかに自負している点を指摘」する洞察力こそが芦名先生、吉田松陰から受け継いだ「やさしさの訓練」の眼目だったからです。晩年の司馬さんはおそらく、「やさしさの訓練」を忘れるくらい自然に人の佳き処を洞察できるようになっていたのではないでしょうか。

「オリジナリティー」

司馬さんが文化勲章を受章した夜の興味深いインタビューがありましたので、少し長くなりますが紹介します。『司馬遼太郎が語る日本』未公開講演録愛蔵版Ⅰ[5]の「京都支局、私の小説、思い出の図書館」の最後のページです。

長いインタビューの最後に記者が「お話をうかがっていて、やはり司馬さんは人間がお好きですね」と言うと、「僕は人間が好きですね。ほれぼれするほど好きですね。どちらかと言うと、浮世で能力が高いといわれている人よりも、ちょっとオリジナリティーのある人が好きですね。いわゆる能力が高いという人は、退屈な人が多いんですよ。～中略～だけど、オリジナリティーがちょっとでもある人に感激するんです。

それは見たらわかる。本当は、オリジナリティーは五人に二人ぐらいは持っているんです。本人は思っていないだけでね。そのままではやがてつぶれていくけどね。つぶれていくというより、本人が自信を持てなくなるから。オリジナリティーがなければだめですね。自然科学でも社会科学でも独創が重要なように、ジャーナリズムの基本を考えてみても、重要なのは独創的なことを考えられるかでしょう」と話しています。

この話から、司馬さんが中学時代の自身の経験から、切実な問題としてオリジナリティーについて深く考えていたことが想像できます。司馬さんが「やさしさの訓練」を発動する基準は何だったのかと考えた時、まず思い浮かんだのは、この「オリジナリティー」でした。

司馬さん自身がオリジナリティーのある人でしたから、オリジナリティーのある人の哀しみが切実にわかり、少しでも励まし、助けたいと思ったのだと思われます。

司馬さんはオリジナリティーが原因で辛いことをたびたび経験していたようです。「そのままではやがてつぶれていくけどね。つぶれていくというより、本人が自信を持てなくなるから」という実感がこもった言葉がそれを裏づけています。

最近、このオリジナリティーにつながり「やさしさの訓練」に対応するようなことが書かれた小説を見つけました。北辰一刀流を開いた千葉周作を描いた作品『北斗の人』の中の一節です。

「一人の才能が土を割って芽を出し、世に出てゆくには、多数の蔭の後援者が要るものなのだ。ところが才能とは光のようなものだな。ぽっと光っているのが目あきの目にはみえるのだ。見えた以上何とかしてやらなくちゃ、という気持ちがまわりにおこって、手のある者は手を貸し、金のあるものは金を出して、その才能を世の中に押し出してゆく[75]」

この中の「才能とは光のようなもの」はそのままオリジナリティーのある人を指しているように思えますし、「金のあるものは金を出して」は「近代説話」の出版費用は司馬、寺内、伊藤の三氏が出していたことにも関係があるように思います。また、寺内大吉氏は『近代説話』7号の「わが『近代説話』より」の冒頭で、「直木賞をもらったことで、ぼくと黒岩とは、司馬遼太郎から、『近代説話』への執筆禁止を命ぜられた。『お前ら俗物が誌面にうろちょろすると、他の同人が迷惑する』司馬の言い分であった」と書いています。[61]

事実、全11号の内、司馬さんは4号を最後に、黒岩氏は5号まで、寺内氏は第6号までしか作品を掲載していません。これは、『近代説話』の誌面を直木賞受賞作家が占めてしまえば、他の同人たちの掲載の機会を奪ってしまうことを恐れた司馬さんのやさしさゆえのことだったと思われます。

そしておそらく、これらを背景にして前述の『北斗の人』の言葉が書かれたと考えられます。司馬さんが自分のカビ探しのために作った『近代説話』がその目的を果たした後は『近代説話』を次の若き才能が「世に出る」ための受け皿として考えていた証しなのです。

その目論見は、自分たちのあとにも直木賞作家が続いたことで、見事に結果を出しました。それにしても、自分たち数人で多額の出版費用を出しながら、自分たちの意思で、自分の作品を自分たちが作った同人誌に掲載しないなんて信じられないことではありませんか。

「私はいつ死んでも構わないんです」

司馬さんは昭和三十九年七月の大阪の四天王寺で開かれた第二回仏教文化講演会の「死について考えたこと」[76]の中で、司馬さんが、懇意にしていた作家の海音寺潮五郎氏に会った時に「僕はいつ死んだって構わないんです。いますぐこの瞬間に死んでも構わないと、ときどき考えます。そういう癖があって、なんとなく死んでも大丈夫な感じがあるんです」という話をすると、海音寺さんに「それはノイローゼでしょう」と返されたという話をしています。

それでも司馬さんは負けずに、「ノイローゼではなくて癖なんです。いまの瞬間死んでも家のことはできているし、悲しくもない。死ぬことをよく考えるんですよ。一カ月に十二、三回も考えます。だから大丈夫です」と話したといいます。

みどり夫人も「私と知り合ったころも、『僕は早死にする』って言ってたものね。そう、昭和三十九年ごろにも海音寺さん相手に、死ぬ話なんかしているの？ 本当に嫌な人ね～中略～ひどかったのは、五十歳ぐらいのときね。何か揉め事があると、遠い目になる。『もうすぐ僕はこの景色は見られなくなる』って。ですから、よく手紙の中で、死について語ったものが多いけれど、そんな手紙もらった人は、はっとすると思うの。こういうことになって、あんまり深刻にその意味を受け取らないでほしいと思いますね。とにかく司馬さんは小説家なんですから」[77]とも話しています。

みどり夫人は司馬さんの言葉を、あまり深刻に受け取っていなかったようですが、これらの発言はどこからきたものなのか。司馬さんの戦争体験からきたものなのかどうか。戦後の平和な時期に一カ月に十二、三回も自分の死を考えるとはどういうことなのか。

私が考えたのは、司馬さんが作家になるまでの道筋にこそ、この発言の謎を解くヒントがあるのではないかということでした。さすがに小学生の時はそんなことは考えもしなかったでしょう。中学・大学生になって戦争が身近になると少しは考えたかもしれませんが、それでも、まだ当時は、日本が空襲にさらされていたわけではありませんから、実感のともなわないものだったでしょう。

では、軍隊に入り戦車部隊に入った時はどうだったかといえば、訓練ばかりで、実戦を経験したわけではないので、「私はいつ死んでも構わないんです」という心境に至るには弱いように思えます。どうも、戦争体験から来たニヒリズムとは違うような気がします。そう考えると、司馬さんが小説家をめざしていく途中に、何かそう思わせる体験があったのかもしれません。

司馬さんが「私はいつ死んでも構いません」と講演会で話したのは、直木賞受賞から四年後の一九六四年のことでした。みどり夫人もほぼ同時期の三十代の頃から司馬さんは「自分は長くない、長くないと言い続けて」いたと言っていて、みどり夫人をあきれさせるほどだったようです。

この講演会のあった頃の司馬さんは、作家として脂が乗り切った時期でした。そんな絶好調な時期であるにもかかわらず、「私はいつ死んでも構いません」というふうに少しも抵抗もせず、死を受け入れているのも不思議な話です。

注意すべきは、三十代半ばから五十代過ぎまでの長期間、司馬さんは自分の早逝のことを考え続けていたのですが、司馬さんの死はすべて「死にたい」という自殺願望ではなく、他動的に死んでしまうことをそのまま受け入れていることです。

ここまで考えてきて、いつものことですが、突然、ある妄想にとらわれてしまいました。司馬さんは直木賞を受賞する前に『戈壁の匈奴』というテムジン（チンギスハン）を主人公にした小説を書いているのですが、この小説は、主人公のチンギスハンが幾多の苦労の末に西夏の美女を得た時は、すでに年老いていて、美女を得たあと、すぐに死んでしまうという物語です。

この小説は、「戈壁の匈奴」の項に書いたように、小説が書けなくて苦しんでいた司馬さんが、主人公のテムジンに自分を当て書きし、西夏の美女に自分が長年憧れていた文学を比し、もし、西夏の美女（文学）を手に入れることができたら、自分はいつ死んでも構わないという覚悟を小説にしたものと考えることができる作品でした。

もしかすると、司馬さんは「自分は夢であった小説家にもなれ、成功することもできた」という想いが背景にあって、それが、「僕はいつ死んだって構わないんです」の発言になったのではないか。もし、そうであれば、小説家として、絶好調といえる時期であればあるほど、「私はいつ死んでも構いません」という気持ちになったとしても不思議ではないように思えます。

みどり夫人は、平成八年二月十日の深夜に司馬さんが腹部動脈瘤破裂で吐血した時のことをこう記憶しています。「私の名前を呼んで『おーい、また大貧血だ』と居間のソファに倒れ込んでしまったんです。そのときです。いま思えば不思議なんですが、いままで一度もそんなことを言ったことがない人なのに、『時計を見て』と言ったんです。それで私も無意識に時計を見て、ちょうど零時四十分でしたか。すぐにかかりつけのお医者さまに電話して、……」[78]

なぜ司馬さんはみどり夫人に自分が倒れた時間を確認したかったのでしょうか。私には司馬さんが三十代で小説家になってからずっと持っていた死の予感が、この夜の自分の容態でついにその時が来たのだと直感し、その時間を確かめたいと思い、「時計を見て」と言ったように思えて仕方がありません。私には時間を知りたかった理由は、これ以外には思いつきません。

「美意識」と「スマート」

司馬さんは自分の美意識を大切にした人でした。それは作家の司馬遼太郎であっても、福田定一であっても変わりませんでした。また、それは司馬文学の基幹をなすものでした。

昭和三十五年の直木賞受賞時のインタビュー（『週刊文春』昭和三十五年二月）では、「結局、人生は自分の心の中にある美意識の完成だと思います。やっぱり、誰も知らない心の中の勲章をブラさげて死んでいけばいいんだと思います[30]」と語っていますので、プロ作家の入り口に立った時に、すでに司馬さんは自分の最終的な目標を自分の美意識の完成においていたことがわかります。

司馬さんの美意識についての発言はこの時だけではありません。その後のいろいろな局面で、事あるごとに出てきます。たとえば、直木賞受賞の九年後、昭和四十四年にあった文藝春秋主催の講演会[81]では「自分の周囲の数人の人間に笑われたくないという気分でしょうか。そういうことだけが、人間を潔く死なせるものかもしれないと思いました。そのことについては、変なものですが、まあ自信がありました。『カッコよさ』という言葉を少し難しく言えば、美意識という言葉になります」と自分の美意識を説明しています。

また、「自分はこういう形の生涯を送りたい。友人にこう思われたい。そういう自分自身の美意識というもので十分死ねるというような瞬間が、男にも女にもあるらしい」とも語っています。

この最後の言葉はまるで『燃えよ剣』[82]の土方歳三の言葉を言い換えたように思えます。病床に伏す沖田に「『男の一生というものは』と、歳三はさらにいう。『美しさを作るものだ、自分の。そう信じている』」と語りかけます。

つまり司馬さんは男の一生の美しさを作るものは美意識であって、その美の完成のためなら、命をかけても惜しくないと考えていたことになります。そして、このことは、司馬さんの生き方そのものでもありました。

司馬さんの言う美意識＝「カッコよさ」のためだったら死ねるということは、逆に言うと「カッコ悪い」のは死んでも嫌だということです。

思い出すのは、先生との対立です。最後は冷戦のような状態になった戦いは二年間続いたといいます。司馬さんは先生の理不尽な仕打ちに対して、絶対に謝ろうとはしませんでした。納得できないことで謝ったりすることは、美意識に反することだったからでした。

先生とのいざこざについては当然、両親にも伝わったことでしょう。しかし、自分から両親へは何も話さなかったと思います。また、泣きもせず、愚痴もこぼさなかったでしょう。司馬さんは自分の美意識をかけて、二年間の間、先生が担任を外れる最後の瞬間まで戦ったのです。

また、友人たちはすでに何度も書いたと思いますが、司馬さんの図書館好き、読書好きはよく知っていましたが、全蔵書読破のことや作家志望のことはまったく知りませんでした。私が調べた限りでは、中学や大学の友人たちで一人として、司馬さんの作家志望や全蔵書読破に言及した人はいません。これも司馬さんが美意識から誰にも話さなかったからでした。

司馬さんは自分の美意識に反して、個人的なことを書かねばならない時は、和田宏さんが書いたように自らを「カリカチュア」化して、道化になることを選びました。

私は司馬さんが弘前高校を受験した時に、受験科目の数学を別の教科でおぎなえると思っていたからだとか、青森県は夷蛮の地だから大丈夫と思っていたとかは、太宰に憧れて受験したことをごまかすためのカモフラージュであり、新聞記者になるまで、太宰治のことを知らずに、「ダザイ・ジ」と読んでいたと話しているのも、「カリカチュア」化した結果だと思えます。

司馬さんの海軍好きは有名ですが、その背景には、海軍兵学校の「スマートたれ」[83]の教育があり、その「スマートたれ」に司馬さんの美意識が強いシンパシーを感じていたからだと思われます。

司馬さんは言います。「非常にスマートな教育が行われました。～中略～イギリスのパブリックスクールのマナーを、そのまま築地に植えつけました。～中略～少年たちは、歩き方、身のこなし、表情、紳士のナマーをたたき込まれることになりました。そしてなにより大事なものは精神であり、それはすなわち、『スマートたれ』ということでした」。

司馬さんの海軍好き、「スマート」好きの面目躍如たる文章ではないかと思います。出典は定かではありませんが、海上自衛隊には旧海軍からの伝統の標語があるそうです。「スマートで、目先が利いて、几帳面、負けじ魂、これぞ船乗り」です。また、海軍兵学校時代には3Sがあり、それはSmart（機敏）、Steady（着実）、Silent（静粛）だそうです。

「スマート」はようするに「カッコイイ」のです。

司馬さんは直木賞受賞の時のインタビューの時の言葉の通り、自分の美意識の勲章を胸にブラさげて生き、スマートに亡くなりました。

「美意識」と「司馬文学」

和田宏さんは著書の中で、司馬さんのことを「私はこの人を人生の師としている」と書いています。確かにみどり夫人を除いて、和田氏ほど司馬さんを深く理解していた人はいないのではないかと思うくらいです。その考察は深く鋭いものでした。

そんな和田宏さんが司馬さんの日常で気がついた点[38]について、書いたものがありましたので紹介します。

――司馬遼太郎という人は――

① 「感動するのは、常日ごろの自己を律する姿勢の厳しさである。努力の人でもあった」

② 「日々よほどの負荷を自分に課していた。心の中にある種の電流を通さない抵抗器を設けていた。日常的に訓練をしていたと見るほうが自然である」

③ 「自分をそこまで律するのは、なにかただごとではない気がする。それにはたいへんなエネルギーがいるはずで、その根底にあるのは何だろう。ときに、これについては戒律を守っている宗教家の雰囲気すらあった」

④ 「謙虚であるということは、人にはやさしいということである。この人が生身の人間にはもちろん、歴史上のひとたちにやさしい目を向けているのはだれもが認めるところだ。これは生き方の問題であり、それが創作上の姿勢と直結し

ているのだった」

これらの言葉を要約すれば、すべては司馬さんの「生き方の問題であり」、「創作上の姿勢と直結」したものといえます。生き方も創作もすべては美意識に直結したものでした。それが、作品中に頻出する司馬さんの「志」と「覚悟」でした。

『司馬さんは、幕末の長岡藩の河井継之助を描いた小説『峠』において「志は塩のように溶けやすい。男子の生涯の苦渋というものはその志の高さをいかにまもりぬくかというところにあり、それをまもりぬく工夫は格別なものではなく、日常茶飯の自己規律にある」と書いています。

これらの言葉は河井継之助を調べ尽くした上の「透明な一滴」であることは言うまでもありません。と同時に継之助に託した司馬さんの「覚悟」でもありました。「志は塩のように溶けやすい」は司馬さんが自分が塩のように溶けやすい「志」といかに戦ってきたかを物語っているように思えますし、これらの「覚悟」や「志」は自身にそして、読者に「いかに生きるべきか」を問いかけたものだったように思えます。継之助の問題であり、自身の問題だったからこそ、読者の心に響いたのです。

太宰治が好きだったのも、身辺雑記を書かなかったのも、原稿が遅れなかったのも、新聞記者時代に原稿を書きたいのを我慢して記者仲間の飲み会に遅くまでつきあったのも、全蔵書読破を達成したのも、十年間の社会勉強を実行したのも、すべてが司馬さんの「志」と「覚悟」と「美意識」につながっていました。司馬さんは自分の美意識を「カッコよさ」と表現しています。「カッコよさ」にこだわる司馬さんは「カッコ悪い」ことに耐えられないのです。

ですから、司馬さんは自分が作家になるために行ってきた努力も、乗り越えてきた苦悩もすべて跡形もなく消そうとしました。頑張っている姿を見せるのも「カッコ悪い」ことだからです。

昔のCMでいえば、「男は黙って」が司馬さんの美意識なのだと思います。「カッコ悪い」ことも「カッコいい」ことも、「努力している」こともすべて隠し、余裕でこなしているように見せたかったのでしょう。司馬さんは大阪でいうところの命がけの「エエカッコシイ」といえるかもしれません。いみじくも、司馬さんが直木賞を受賞した時に語ったという「結局、人生は自分の心のなかにある美意識の完成だと思います。やっぱり、誰も知らない心の中の勲章をブラさげて死んでいけばいいんだと思います」に司馬さんの人生や作品は尽きるように思えて仕方がありません。

このような心理はもともとの生まれ持った性格から来ていることはもちろんですが、それを筋金入りのものにしたのは、先生との二年間の対立と図書館で読んだかもしれない私小説の反作用だったように思えます。

先生との対立は意固地なまでの負けじ魂を育て、図書館で読んだ私小説作家の露悪的で自堕落な生活は司馬さんをあきれさせ、司馬さんに「ああはなるまい」という美意識を強く植えつけたのかもしれません。

司馬さんの名言の多くは、司馬さんが作品のために作ったものではなく、一つ一つが主人公の「透明な一滴」であり、それに映り込むように書いた司馬さんの覚悟や志だったように思えます。そのため、読者に強い感動と共感を呼び起こし、ひいてはそれが司馬作品の魅力になっているのです。

反面、その美意識によって、執筆上の苦悩や内面の苦悩が表に出ないことで、超人司馬遼太郎のようなイメージが先行してしまい、人間司馬遼太郎の本当の姿がわかりにくくなっている部分があるように思えます。

司馬さんが亡くなってすでに二十八年が経ちました。また令和五年は生誕百年の年でもありました。

生前の司馬さんをよく知っておられた半藤一利さんや和田宏さんなどの多くの方々もすでに鬼籍に入られました。あと十年もすれば、超人司馬遼太郎しか知らない読者しかいなくなってしまうでしょう。

この拙い本を書いてきて思うのは、人間司馬遼太郎こそ、司馬作品の魅力の根幹をなすものだということです。司馬さんの文学にかける想いやそれを実現するまでの苦悩、乗り越えるための覚悟や志、そして自分の美意識に忠実な、頑固なまでの生き方とやさしさ。その根幹に気がつかねば、みどり夫人が言う司馬さんの不思議な魅力もわからなくなってしまうかもしれません。

ご本人のご意向や美意識に背くことになるかもしれませんが、拙いながらも、私が本書を書いた意図もそこにあります。永年の読者の一人として、あえて書かせていただきました。

「氷のような孤独」

平成二十一年十二月刊行の『婦人画報』のみどり夫人のインタビュー記事「司馬遼太郎の妻として」[79]に気になる一文がありました。みどり夫人は「司馬さんの抱える孤独は凍るように冷たくて、みどりさんには少年の司馬さんが震えているように」感じられたという箇所です。

もしかすると、今までたびたび書いてきたように、司馬さんの美意識が「司馬さんの抱える孤独は凍るように冷たい」ものにした原因かもしれません。みどり夫人は「寄り添うことも、触れることもできない司馬さんの心の闇」を見続けていましたし、司馬さん自身も孤独の塊になって「僕ハ自分デモ自分ガ捕捉シ難イ人間ナノダ」[80]と言ったといいます。

このインタビュー記事を初めて読んだ時は大きな驚きがありました。そんな司馬さんを想像したこともなかったからです。特に「少年の司馬さんが震えているように感じられた」という部分を読んだ時は本当に驚きました。少年といえば、小学生、中学生時代を指すと思いますが、小学生時代に強烈な孤独になるようなできごとは見ありませんので、中学校時代に限定して考えればよいかと思います。

私は最初、司馬さんを「氷のような孤独」で苛んだものは、先生との苦しい二年間だったのではないかと考えましたが、途中でそうではなく、小説家になるために作った「一生の時間割」の全蔵書読破や速読術などの苛酷な課題やそれを支えた美意識が原因だったのではないかと考えるようになりました。

全蔵書読破について、司馬さんはいつのまにか読んでしまっていたというふうに軽く書いていますが、実際はそんな簡単なものではありません。実際は苦しくて辛いことでも、司馬さんは何でもなかったかのように書くことがしばしばありました。

それが、司馬さんの美意識でした。司馬さんはしばしば、普通の人間ではなし得ないことをやり遂げましたが、そのこと自体が「氷のような孤独」の原因の一つになったのではないかと思われます。結婚してからも、司馬さんは自分の孤独や心の傷を覆い隠し、極力、みどり夫人にも話さなかったように思えます。

それも司馬さんの美意識でした。自分のストレスを妻にも話すことを許さない美意識が「氷のような孤独」の原因になったように思えます。司馬さんは和田さんの言うところの「常日ごろの自己を律する姿勢の厳しさや努力」[38]（美意識）は、作家司馬遼太郎だけではなく、個人である福田定一をも苛んでいたのかもしれません。

学生時代のテストを大人になっても夢に見るという方がよくおられますが、司馬さんも「試験の夢を今でも見る」と書いていたのを何かで読んだことがあります。しかし、中学校時代、学校の勉強をほとんどしなかったという司馬さんが受験勉強の悪夢を見るというのも考えにくいように思えます。本当は七年間続いた全蔵書読破などの過酷なことが悪夢の原因だったのではないでしょうか。

よく悩みを人に聞いてもらうだけでストレスは軽減するといいますが、司馬さんはその美意識から自分の苦しさや悩みを人に話さないことで、より一層ストレスを深めていたと考えられます。

みどり夫人は司馬さんが十二指腸潰瘍でしばらく入院した時のことを思い出して

「最初に十二指腸潰瘍と診断されたとき、『おかしいな、僕にはストレスなんてないんだけどな』と言ったんです。その言葉はそっくり裏返しの言葉だと私はいまは思うところがあるの。ストレスになるほど、ひとつのことを考え、思い詰め、人前ではそんなふうにはみせない。その繰り返しがあった[46]」と話しています。

司馬さんにとって美意識は、あるべき自分の理想像でした。司馬さんは自分の美意識と乖離することを嫌い、一体化するように一生をかけて訓練を続け、戦っていました。その結果、司馬さんは「昭和の国民作家」と称されるくらい大きな成功を得ましたが、その反面、「氷のような孤独」を胸に抱え込むことになりました。しかし、司馬さんはそれを甘んじて受け入れていたのだと思います。

『婦人画報』のインタビューの最後に、みどり夫人はこう話しています。「結局、私は最後まで司馬さんのことがわからなかった。あの人には、はかりがたいところがあるの。でも、だからこそ、飽きることなく連れ添えたんじゃないかしら」あるいは、「司馬さんが孤独だったこと。どうすることもできなかったけど、それは認めないとね[79]」

みどり夫人は司馬さんの美意識もストレスも矛盾も大きな愛で包み込んでおられま

した。

最後の「二十三歳の自分への手紙」

司馬さんは終戦を迎えた時の気持ちを「どうしてこんなばかになったんだろう。二十二歳で敗戦を迎えた時の感想でした。昔は違ったろうというようなことを、もう私は本当に二十三歳の自分へ書いている手紙でした。そこからわたしの小説は始まるんです。『竜馬がゆく』もそうでしたし、『坂の上の雲』もそうでした。『日本人とは何ぞや』がテーマでした」と語っています。

また、「むかしは、そうではなかったのではないか[71]」という深刻な疑問が、自分の小説を戦国や幕末、日清、日露の多くの戦争に向かわせたと司馬さんは書いています。自分が体験した昭和の戦争を歴史小説に書くことで、過去の戦争と何が違うのかを検証しようとしたのです。ここに司馬さんが平和な江戸時代を小説のテーマにしなかった根本的な理由があります。江戸時代は百姓一揆などはありましたが、基本的には対外戦争などはなく、平和な時代でした。江戸時代は司馬さんが知りたいと思った「戦争から見た日本」というテーマからは外れていたのです。

そんな歴史の検証作業の一つとして壮年期の司馬さんが書いたのが、『国盗り物語』でした。最近、私はその『国盗り物語』の一節を司馬さんが書いた掛軸を見る機会がありました。この掛軸の真贋は未確認ですが、司馬さんが書いた掛軸はあまり見ることはないのでめずらしいと思ってよく見ると、それには、『国盗り物語』の前巻、のちの斎藤道三である松波庄九郎の言葉が書かれていました。

それは「人間、善人とか悪人とかいわれるような奴におれはなりたくない。善悪を超絶したもう一段上の自然法爾のなかにおれの精神は住んでおるつもりだ[84]」というよくわからないような一節でした。

この掛軸に書かれた『国盗り物語』の一節が歴史上の斎藤道三の言葉であるはずはないので、司馬さんの何かしらの想いを込めて書いたものと考えて間違いがないと思われます。また、何やら特別な意味を持ったもののようにも思われます。特に「善悪を超絶したもう一段上の自然法爾」とは何を意味するのか。

最近になってこの「善悪を超絶したもう一段上の自然法爾」とは、もしかすると壮年の司馬さんが、二十三歳の自分へ書いた手紙の一つではなかったかという疑問が湧いてきました。また、そう考えると「一段上の自然法爾」とは司馬さんが行ってきた「やさしさの訓練」につながっているようにも思えます。

「やさしさの訓練」がいつから始まったのかはわかりませんが、四十代の司馬さんはすでに実践していた可能性は高いと思われます。そして、「やさしさの訓練」は晩年の司馬さんが書いた『二十一世紀に生きる君たちへ』の中にも息づいています。

なぜなら、『二十一世紀に生きる君たちへ』のあるページでは、十一行ほどの中に「やさしさ」やそれに類する言葉が九回も使われているからです。

「やさしさ」にもう一つ加えるとするならば、前述した「トランスネーション」もそうかもしれません。司馬さんは、「中国のことを考えるときは、自分が中国人だったらと、心からそういうつもりになることです」と話していますが、これも、「善悪を超えた一段上の自然法爾」に関連があるように思えます。

『国盗り物語』から二十二年。「善悪を超越したもう一段上の自然法爾」を考え続けた司馬さんが最後に自分の答えとして書いたのが『二十一世紀に生きる君たちへ』だったのではないかと勝手読みで思ったりします。

私と司馬さん

私の司馬さんの一番最初の記憶は、高二の一学期の期末考査勉強中に図書館から借りてきた『竜馬がゆく』を読んだ時のことです。一度、勉強の息抜きに頁を開いてみたら、読む手が止まらなくなり、誰も入れないように部屋の鍵を内からかけて一気に読んでしまいました。おかげで試験は見るも無残な結果になってしまいましたが、変に後悔はありませんでした。

次の司馬さんの記憶は大学を卒業してからでした。大学では司馬さんの作品をあまり熱心に読んではいませんでしたが、縁あって、就職した上宮高校が司馬さんの母校だったことで、司馬さんが一気に身近な存在になったのです。

当時、校長室の前の廊下に黒い大きな本棚がいくつも並んでおり、その中に江戸時代の和綴じの本が二千冊ほど積んでありました。それを見て突然、私の中の元史学科の血がさわぎ、誰に命じられたわけでもないのに、それらを整理すべく、岩波の『国書総目録』を使って整理を始めることにしたのです。

こういった通常業務以外の仕事は、仕事が少し暇になる年度末の一月半ばから二、三週間しかできませんでしたから、完成するまで十四、五年くらいかかったように記憶しています。この作業は出版する予定などまったくないままに取り組んだわけですが、ひそかに、もしこの原稿が完成したら草稿だけでも司馬さんに読んでもらいたいと思っていたのは事実です。

この所蔵目録の草稿が完成したのは一九九二年の春でした。躊躇しながらも、五月に簡単な事情を書いた手紙を添えて、ワープロでプリントアウトした草稿をお送りしました。正直に言いますと、下心がまったくなかったわけではありません。礼状くらいはいただけるかなという下心があったのは事実です。

ところが、届いた司馬さんのはがきにはとんでもないことが書いてありました。そのはがきには私への過褒なお言葉と、母校の後輩たちに寄せる、あふれるようなやさしさがありました。はがきの後半には、「小生は自分の著作を寄付すべきだと思いました」とあり、新旧の『司馬遼太郎全集』、そして『街道をゆく』の全巻を送りたいからどこに送るべきか住所、係の職員を教えてほしいと書いてありました。

自分の一存で勝手に草稿を作って司馬さんに送ったわけですから、図書館の人間以外誰もそれを知りません。しかし、もう黙っているわけにはいかず、校長に司馬さんのはがきを見せ、事の顛末を話したところ、学園としてご厚意を受けることになりました。ご寄贈いただいた書籍は、その時すでに私が作っていた司馬遼太郎文庫に収められましたが、司馬遼太郎文庫の規模を倍ほどに大きなものにしただけでなく、その存在が図書館のＨＰを通じて、学園の内外に知られるようになりました。

この話にはまだ続きがあります。司馬さんはこれらの書籍を学園に届くように手配されたあと、その後新しく出版された新刊までもが自動的に出版社から届くようにしてくださっていたのです。

司馬さんが亡くなったあとは、みどり夫人が司馬さんのお気持ちを引き継いでくださり、司馬さんやご自身の御本が出版されるたびに図書館に贈ってくださいました。

このご厚意もみどり夫人が平成二十四年に亡くなるまで続きました。十八年間という長期に及ぶご厚意は忘れることができません。

話は変わりますが、司馬さんが亡くなって数年後のことです。以前の校長が学園史を作るために同窓会に呼びかけて、戦前の学園の資料を集めたことがありました。その時に集まったアルバムなどが、ダンボール箱一箱に雑多に入っていたのが倉庫から見つかったことがありました。

その時は、さんざん、司馬さんの記録や資料を探し尽くしたあとでしたから、まったく期待もせず、ほこりまみれのダンボール箱を開けたのです。そこには雑多な資料の他に校友会雑誌『上宮』が七冊ほど入っていました。

最初に手に取った校友会雑誌『上宮』のページをめくっていると、ふと短い作文と生徒の名前が目にとまりました。名前を見ると福田定一とあります。「あれっ、この名前はどこかで見たことがあるような？」と思い、すぐに確認してみると、司馬さんの本名だとわかりました。

びっくりして、同僚と手を取り合って大喜びしたのですが、まだ他にもあるかもしれないと思い直し、自分に落ちつけと言い聞かせながら、他の校友会雑誌『上宮』を順に見ていくと、何と今度は、司馬さんが卒業した年の卒業記念号が出てきたではありませんか。

その卒業記念号をよく見ると、卒業生全員の「卒業片言」が掲載されていることがわかりました。心を落ち着かせながら、今度は確信を持って、福田定一の名前を探すと五年三組に福田定一の名前を見つけることができました。

司馬さんの「卒業片言」は「希望は天上にあり　実行は脚下にあり　後生須らく実行の人たれ」というものでした。この日、私は信じられないことに、司馬さんの上宮中学の入り口と出口で書いた二つの作品を同時に発見してしまったのです。

私が司馬さんに送った所蔵目録が縁となって、ついには、こんな本まで書く羽目になってしまったことに自分でも驚くほかありません。

これも、司馬さんの「やさしさ」が及ぼす「人間が人間に与える不思議な影響」の一つかもしれないと思ったりします。

司馬さんが誕生して百年。司馬さんが作りあげた司馬文学の美意識の迷宮は私が解き明かしたものより、さらに何層倍も深く広いものだと思います。

この本が塩野七生さんの言うところの「真実であってもおかしくない嘘」になり得たのかどうか。しかし、司馬さんの「覚悟」と「志」と「美意識」の秘密を少しでも垣間見られたことが、私にとって望外の喜びだったことは間違いありません。

あとがき

司馬さんが中学卒業時に書いた「卒業片言」を初めて読んだ時から、「卒業片言」は私の弱すぎる覚悟を鼓舞するものとなりました。著述に行き詰まると、この片言を心の中でつぶやきながら前に進んでいったのです。

〝まえがき〟で啐啄にふれました。啐啄を中学時代の司馬さんに重ねて書いたのですが、卵の殻を外から割れるように励ましてくれたのは、芦名信行先生でした。

生まれた雛鳥はやがて巣立ちの時を迎えます。小説を書きはじめたばかりの雛鳥だった司馬さんは自分の〝カビ〟を見つけられず、巣立ちで苦しんでいましたが、その才能を認め、励ましてくれたのは作家の海音寺潮五郎氏でした。

司馬さんは「もし、路傍の私に、氏が声をかけてくださらなかったら、私はおそらく第三作目を書くことをやめ、作家になっていなかったであろう」[53]と書いています。司馬さんの苦しみと氏への感謝の気持ちが痛いほどわかります。司馬さんにとって海音寺さんは、二度目の啄というべき、作家としての巣立ちを励ましてくれた人物だったのです。

司馬さんはその人生において、二人の恩師ともいうべき人物に助けられました。司馬さんはその二人の師のやさしさから、人生の意味を考え、ひいては自分の文学の進む方向を考え、司馬文学そのものを決定づけたと思えます。いうならば、二人の師から伝えられたやさしさは司馬さんを支える大事な「透明な一滴」であり、見事な〝カビ〟になりました。

二人の師から受けたやさしさを司馬さんは小説の中で展開するだけでなく、自分の「やさしさの訓練」として、それを若い人たちに伝えていきました。もちろん、それは、無条件にほどこすようなものではなく、司馬さんの考える基準がありました。

司馬さんはオリジナリティーのある人が好きでした。自身がオリジナリティーにあふれた人だったがゆえに、司馬さんはオリジナリティーのある人の苦しみと哀しみが痛いほどわかったからです。そんなオリジナリティーのある若者を励ましたい、助けたいと考えたのが、「やさしさの訓練」を始める最初のきっかけになったのです。

司馬さんの「やさしさの訓練」は、二人の先生の啐啄を司馬さん流に行ったものといえるかもしれません。オリジナリティーのある人の心の底を洞察し、外から励まし、卵の殻を本人が内から割る手助けをするのです。

司馬さんが塩野さんの引用したマキアヴェッリの言葉である「真実であってもおかしくない嘘」を知っていたかどうかは確認できません。しかし、塩野さんの「あやふやな史実の間をバランスをとりながらも、自分ならそれをどう解釈するかを読者の前に明確にすることだと思います」という一節は、司馬さんの執筆姿勢そのもののように思えます。

司馬さんは、「史料に盛られているものは、ファクトにすぎません。しかし、このファクトをできるだけ多く集めなければ、真実が出てこない。できるだけたくさんのファクトを机の上に並べて、ジーッと見ていると、ファクトからの刺激で立ち昇ってくる気体のようなもの、それが真実だと思います。ただ、ファクトというものは、作家にとって、あるいは歴史家にとって、想像の刺激材であって、思考がファクトのところにとどまっていては、ファクトの向こう側に行けない。そのためにも、ファクトは親切に見なければいけないと思います」[85]と話しています。

また、別の機会に和田宏さんが「論理を積み上げ積み上げしていって、もうこれまでといったときには、あとはどうするんですかとしつこく聞いたところ、右のように答えた。『最後はやっぱり直感に頼るしかない』[38]と司馬さんは答えた」と言います。

この『最後はやっぱり直感に頼るしかない』は、塩野七生さんの言う「自分ならそれをどう解釈するかを読者の前に明確にすること」に通じているように思えます。私もこのお二人の言葉を胸に励んだつもりですが、その効果があったのかどうかは定かではありません。

司馬さんは正史、卑史、口碑など膨大な史料や資料の中から、その人物の「透明な一滴」を探し求め、最後は直感でもって、司馬さんが考える歴史上の人物としてその行動や言葉を小説に書きました。

最近、吉田拓郎の『永遠の嘘をついてくれ』という歌が私の耳から離れません。この歌が司馬さんの作家としての生き様を象徴しているように思えてしかたがないからです。

みどり夫人の「司馬さんはフィクションのひとだった。全部が嘘だったかもしれないし、本当だったかもしれない」[78]という言葉がどこかで共鳴しているように思えます。

最後に、たびたび引用させていただいた和田宏さんや半藤一利氏、そして多くの貴重な証言を『司馬遼太郎が語る日本』をまとめられた『週刊朝日』編集部の村井重俊さんやその他の方々に敬意と感謝を捧げます。

将来、これらの書籍は、かの『信長公記』のような司馬遼太郎研究の根本史料になることは間違いがないと思われます。

和田宏さんは「この人に出会わなかったら、編集者の仕事をむなしく感じたことはまちがいがない」と書いたくらい司馬さんに私淑されていました。『週刊朝日』の編集部の方々や他社の司馬番の方々も同じ想いを抱いて、これらの仕事をされたのではないかと想像します。

私は、皆さんのなし遂げられた仕事に、司馬さんに対する義務のようなものを感じます。また、その想いの底には司馬さんの「やさしさ」にふれた経験がそうさせたのではないかとも思っています。芦名先生のやさしさにふれた司馬さん。司馬さんのやさしさにふれた多くの方々、一人一人がやさしさの輪につらなっているのだと思います。

もし、この本を読んで、司馬さんの想いに少しでも共感を持っていただけたとしたら、身の回りの人の佳き処を深く洞察していただき、それを認め、励ましていただければと思います。

そのことが司馬さんが生涯をかけて続けてきた「やさしさの訓練」であり、「不思議な人と人との影響の輪」につながることであり、最終的には司馬さんが願った、世界が仲よくなれるための一助になることだと信じるからです。

最後になりましたが、いつまでもぐずぐずと机に向かっている私を黙って見守り、この本の出版を快諾してくれた妻と今は亡き友三人にこの本を捧げます。

北摂の山居にて　辻本康夫

参考文献（司馬氏の著作は著者名を省略した）

1 「私と司馬先生をつなぐ『史実』」塩野七生講演『司馬遼太郎が語る日本　未公開講演録愛蔵版Ⅵ』『週刊朝日』増刊 朝日新聞出版 一九九九年

2 『上宮学園九十年の歩み』上宮学園校史編纂委員会編 上宮学園 一九八一年

3 「〝独学〟のすすめ」『風塵抄』中央公論社 一九九一年

4 『司馬遼太郎の風音』磯貝勝太郎著 NHK出版 二〇〇一年

5 「京都支局、私の小説、思い出の図書館」『司馬遼太郎が語る日本 未公開講演録愛蔵版Ⅰ』『週刊朝日』増刊 朝日新聞出版 一九九六年

6 「年譜」「足跡 自伝的断章集成」『司馬遼太郎全集』32 文藝春秋 一九七四年

7 『卒業記念写真帖』第二十五回卒業 上宮中学校 一九四一年三月

8 『芦名先生』浄土宗新聞第十一号 一九六七年十月

9 「悪童たちと凡夫」『司馬遼太郎が考えたこと』四巻　新潮社 二〇〇二年

10 芦名信行写真 撮影年月日不明 昭和十年代

11 「松陰の優しさ」『司馬遼太郎全講演』第一巻 朝日新聞出版 二〇〇〇年

12 「芦名先生自宅訪問記」校友会雑誌『上宮』30号 一九三六年十二月 司馬遼太郎記念館所蔵

13 「物干臺に立つて」校友会雑誌『上宮』30号一九三六年十二月 司馬遼太郎記念館所蔵

14 「「卒業片言」」校友会雑誌『上宮』36号一九四一年三月 司馬遼太郎記念館所蔵

15 『街道をついてゆく』村井重俊著 朝日新聞出版 二〇〇八年
16 「都市色彩のなかの赤」『風塵抄』中央公論社 一九九一年
17 大阪歌舞伎座・南海髙島屋 郵便はがき 出版社・出版年 不明
18 『大大阪市勢大観－鳥瞰式立体図』東亜地誌協会（掛図） 一九三五年
19 『私の小説作法』『司馬遼太郎全集』32 文藝春秋 一九七四年
20 『司馬遼太郎の世紀』齊藤愼爾責任編集 朝日出版社 一九九六年
21 「図書館で教わった本の読み方」『司馬遼太郎が語る日本 未公開講演録愛蔵版Ⅲ』『週刊朝日』増刊 朝日新聞出版 一九九七年
22 「大阪市パノラマ地圖」美濃部政治郎編 日下わらじ屋 一九二四年 国際日本文化研究センター提供
23 『大阪市立図書館一覧』出版者不明 一九二六年 大阪市立中央図書館提供
24 『大阪市立図書館50年史』大阪市立中央図書館編兼発行 一九七二年
25 「図書館と歩んだ私の青春」図書館通信 №38 大阪市立図書館編 一九七二年
26 「写真読み」井上ひさし談「この国をどうする」『夕刊フジ』一九九六年六月十五日付
27 『司馬遼太郎の「遺言」』『夕刊フジ』編 扶桑社 一九九七年
28 『法然上人全集』黒田真洞・望月信亨共編 宗粋社 一九〇六年
29 「法然と親鸞」『司馬遼太郎が語る日本 未公開講演録愛蔵版Ⅲ』『週刊朝日』増刊 朝日新聞出版 一九九七年
30 『清張さんと司馬さん』半藤一利著 文春文庫 文藝春秋 二〇〇五年
31 「近藤悠紀氏書簡」辻本康夫宛書簡 近藤悠紀 二〇一三年

32 「陸軍現役将校学校配属令」勅令第一三五号 一九二五年
33 『長安から北京へ』中公文庫 中央公論新社 一九九六年
34 『卒業記念写真帖』第十一回卒業 上宮中学校 一九二七年三月
35 『小銃 拳銃 機関銃入門』佐山二郎著 光人社文庫 潮書房光人新社 二〇〇八年
36 「上宮中学のころ」『司馬遼太郎が語る日本 未公開講演録愛蔵版Ⅲ』『週刊朝日』増刊 朝日新聞出版 一九九七年
37 「昭和十五年度 上宮中学校修学旅行記」校友会雑誌『上宮』36号 一九四一年
38 『司馬遼太郎という人』和田宏著 文藝春秋 二〇〇四年
39 「江利川研究室ブログ」Hatena Blog 江利川春雄 文 二〇〇九年
40 「東北の巨人たち」『残された未公開講演録』『週刊朝日』朝日新聞出版 一九九六年
41 「北のまほろば」『街道をゆく』第四十一巻 朝日新聞出版 一九九五年
42 「司馬さんと数学」司馬さんの控室『司馬遼太郎が語る日本』『週刊朝日』増刊 朝日新聞出版 一九九六年
43 『この国のかたち』五巻 巻末 文藝春秋 一九九六年
44 「福田戦車小隊長の満洲時代」『司馬遼太郎が語る日本 未公開講演録愛蔵版Ⅰ』『週刊朝日』増刊 朝日新聞出版 一九九六年
45 「小説を書き始めた頃」『司馬遼太郎が語る日本 未公開講演録愛蔵版Ⅴ』『週刊朝日』増刊 朝日新聞出版 一九九九年
46 「書き続けた若き司馬遼太郎」『司馬遼太郎が語る日本 未公開講演録愛蔵版Ⅰ』『週刊朝日』増刊

朝日新聞出版 一九九六年
47 『この国のかたち』「街の恩」六巻 文藝春秋 一九九六年
48 『ペルシャの幻術師』『司馬遼太郎全集』68 文藝春秋 二〇〇〇年
49 『戈壁の匈奴』『司馬遼太郎全集』 2 文藝春秋 一九七三年
50 『梟の城』『司馬遼太郎全集』 1 文藝春秋 一九七三年
51 「わが小説‐梟の城」『司馬遼太郎全集』 32 文藝春秋 一九七七年
52 「人間の荘厳さ」『司馬遼太郎が考えたこと』 十五巻 新潮社 二〇〇六年
53 『日本歴史を点検する』 司馬・海音寺潮五郎対談 講談社文庫 講談社 一九七四年
54 「長谷部日出雄氏との対談」『週刊新潮』 一九九六年一月号
55 「松陰先師尊影」 松浦松洞画 安政六年写 京都大学付属図書館提供
56 「野山雑著」「福堂策」『吉田松陰全集』 二巻 一九四〇年
57 『史記列伝（二）』 刺客列伝 第二十六巻 小川環樹訳他 岩波文庫 岩波書店 一九七五年
58 『世に棲む日日』『司馬遼太郎全集』 27 文藝春秋 一九七三年
59 「吉田松陰」『毎日新聞』 一九六八年八月二十三・四日夕刊
60 「松陰の資質とその認識」『吉田松陰を語る』 橋川文三対談 大和書房 一九九〇年
61 「わが近代説話」 寺内大吉著 『近代説話』 7号 一九六一年
62 「不朽の司馬日本史ベスト10」『司馬遼太郎の世界』 文藝春秋 一九九六年
63 『二十一世紀に生きる君たちへ』 司馬遼太郎記念館 二〇〇三年
64 「人蕩らし」『楽老抄』 田辺聖子著 集英社文庫 集英社 二〇〇二年

65 「モンゴルとういろう」『司馬遼太郎が語る日本 未公開講演録愛蔵版Ⅰ』『週刊朝日』増刊 朝日新聞出版 一九九六年

66 「法然上人とわたくし」おてつぎ講演集6号 おてつぎ運動企画広報部編 総本山知恩院 一九九八年

67 「御文」『日本思想大系』十七巻 笠原一男・井上鋭夫校注 岩波書店 一九七二年

68 『二十一世紀に生きる君たちへ』司馬遼太郎記念館 二〇〇三年

69 『峠』『司馬遼太郎全集』第二十巻 文藝春秋 一九七二年

70 「薩摩焼沈壽官窯を訪ねて」沈壽官 Ｎ-Ｗａｖｅ１１２号 日本建設株式会社 二〇二〇年

71 『この国のかたち』一巻 あとがき 文藝春秋 一九九〇年

72 『竜馬がゆく』『司馬遼太郎全集』 3 文藝春秋 一九七二年

73 「この国をどうする」司馬遼太郎追悼連載記事『夕刊フジ』一九九六年四月～一九九七年二月

74 「朝鮮文化と司馬遼太郎」『司馬遼太郎回想』上田正昭著 文英堂 一九九八年

75 『北斗の人』『司馬遼太郎全集』12 文藝春秋 一九七三年

76 「死について考えたこと」四天王寺 第二回仏教文化講演会 未公開講演録愛蔵版司馬遼太郎が語る日本』『週刊朝日』増刊 朝日新聞出版 一九九七年

77 「司馬さんの口癖」司馬さんの控室『司馬遼太郎が語る日本 未公開講演録愛蔵版Ⅲ』『週刊朝日』増刊 朝日新聞出版 一九九七年

78 「夜明けの会話 夫との四十年」『文藝春秋』文藝春秋 一九九六年四月号 七十四巻 第五号

79 「司馬遼太郎の妻として」福田みどり談『婦人画報』１２７７号 アシェット婦人画報社 二〇〇九年

80 『司馬さんは夢の中』3 福田みどり著 中央公論社 二〇一二年
81 「学生運動と酩酊体質」文藝春秋祭講演録『司馬遼太郎が語る日本 未公開講演録愛蔵版Ⅲ』『週刊朝日』増刊 朝日新聞出版 一九九七年
82 「大暗転」『燃えよ剣』『司馬遼太郎全集』6 文藝春秋 一九七一年
83 「『坂の上の雲』と海軍文明」関西ネイヴィクラブ第160回例会『司馬遼太郎が語る日本 未公開講演録愛蔵版Ⅱ』『週刊朝日』増刊 朝日新聞出版 一九九七年
84 『国盗り物語』前巻『司馬遼太郎全集』10 文藝春秋 一九七一年
85 『手掘り日本史』文春文庫 文藝春秋 一九九〇年
86 「五年三組学級写真」第二十五回『卒業記念写真帖』昭和十六年三月 上宮学園所蔵

〈著者紹介〉
辻本康夫（つじもと やすお）
1953 年、大阪府大阪市生まれ。
1976 年、佛教大学文学部史学科卒業。
同年、私立上宮高等学校司書教諭・社会科勤務。
2019 年、定年退職。
『上宮学園古典籍・教育掛図所蔵目録』編集。
俳句結社『赤楊の木』同人。

司馬遼太郎　啐啄の記
～ そのやさしさと美意識 ～

2024 年 6 月 27 日　第 1 刷発行

著　者　　辻本康夫
発行人　　久保田貴幸

発行元　　株式会社 幻冬舎メディアコンサルティング
〒151-0051　東京都渋谷区千駄ヶ谷4-9-7
電話　03-5411-6440（編集）

発売元　　株式会社 幻冬舎
〒151-0051　東京都渋谷区千駄ヶ谷4-9-7
電話　03-5411-6222（営業）

印刷・製本　中央精版印刷株式会社
装　丁　　弓田和則

検印廃止

Printed in Japan
ISBN 978-4-344-69123-0 C0095
幻冬舎メディアコンサルティングＨＰ
https://www.gentosha-mc.com/